Collection folio junior

dirigée par
Jean-Olivier Héron
et Pierre Marchand

Jean-Jacques Sempé est né à Bordeaux le 17 août 1932. Élève très indiscipliné, il est renvoyé de son collège et commence à travailler à dix-sept ans. Après avoir été l'assistant malchanceux d'un courtier en vins et s'être engagé dans l'armée, il se lance à dix-neuf ans dans le dessin humoristique. Ses débuts sont difficiles : mais Sempé travaille comme un forcené. Il a collaboré et collabore encore à de nombreux magazines, *Paris-Match*, *L'Express*...

En 1959, il « met au monde », avec son ami René Goscinny, la série des *Petit Nicolas*. Il a depuis publié de nombreux albums – une vingtaine. D'autres sont en préparation. Sempé, dont le fils se prénomme bien sûr Nicolas, vit à Paris (rêvant de campagne) et à la campagne (rêvant de Paris).

René Goscinny est né à Paris en 1926 mais il a passé son enfance et son adolescence en Argentine. Après des études brillantes au collège de Buenos Aires, il exerce de nombreux métiers : sous-aide-comptable, apprenti dessinateur dans une agence de publicité, secrétaire, militaire, journaliste... avant de se lancer, sans grand succès, dans le dessin d'humour. Cela lui permet cependant de travailler aux États-Unis avec toute l'équipe du magazine satirique *Mad*.

De retour en France, il trouve enfin sa voie comme scénariste de bandes dessinées ; il va créer Astérix avec Uderzo, Lucky Luke avec Morris. Parallèlement, il fonde en 1959 le magazine *Pilote*, qu'il dirigera jusqu'en 1974.

René Goscinny est mort en 1977.

ISBN 2-07-051334-3
Loi n° 49-956 du 16 juillet 1949
sur les publications destinées à la jeunesse

© Éditions Denoël, 1963, pour le texte
© Éditions Gallimard, 1988, pour le supplément
© Éditions Gallimard Jeunesse, 1997, pour la présente édition
Dépôt légal : novembre 1998
1er dépôt légal dans la même collection : février 1988
N° d'édition : 88931 - N° d'impression : 81838
Imprimé en France sur les presses de l'Imprimerie Hérissey à Évreux

Sempé/Goscinny

Les vacances du petit Nicolas

Denoël

Une studieuse année scolaire s'est terminée. Nicolas a remporté le prix d'éloquence, qui récompense chez lui la quantité, sinon la qualité, et il a quitté ses condisciples qui ont nom : Alceste, Rufus, Eudes, Geoffroy, Maixent, Joachim, Clotaire et Agnan. Les livres et les cahiers sont rangés, et c'est aux vacances qu'il s'agit de penser maintenant.

Et chez Nicolas, le choix de l'endroit où l'on va passer ces vacances n'est pas un problème, car...

C'est papa qui décide

Tous les ans, c'est-à-dire le dernier et l'autre, parce qu'avant c'est trop vieux et je ne me rappelle pas, Papa et Maman se disputent beaucoup pour savoir où aller en vacances, et puis Maman se met à pleurer et elle dit qu'elle va aller chez sa maman, et moi je pleure aussi parce que j'aime bien Mémé, mais chez elle il n'y a pas de plage, et à la fin on va où veut Maman et ce n'est pas chez Mémé.

Hier, après le dîner, Papa nous a regardés, l'air fâché et il a dit :

— Écoutez-moi bien ! Cette année, je ne veux pas de discussions, c'est moi qui décide ! Nous irons dans le Midi. J'ai l'adresse d'une villa à louer à Plage-les-Pins. Trois pièces, eau courante, électricité. Je ne veux rien savoir pour aller à l'hôtel et manger de la nourriture minable.

— Eh bien, mon chéri, a dit Maman, ça me paraît une très bonne idée.

— Chic ! j'ai dit et je me suis mis à courir autour de la table parce que quand on est content, c'est dur de rester assis.

Papa, il a ouvert des grands yeux, comme il

fait quand il est étonné, et il a dit : « Ah ? Bon. »

Pendant que Maman débarrassait la table, Papa est allé chercher son masque de pêche sous-marine dans le placard.

— Tu vas voir, Nicolas, m'a dit Papa, nous allons faire des parties de pêche terribles, tous les deux.

Moi, ça m'a fait un peu peur, parce que je ne sais pas encore très bien nager ; si on me met bien sur l'eau je fais la planche, mais Papa m'a dit de ne pas m'inquiéter, qu'il allait m'apprendre à nager et qu'il avait été champion interré-

gional de nage libre quand il était plus jeune, et qu'il pourrait encore battre des records s'il avait le temps de s'entraîner.

— Papa va m'apprendre à faire de la pêche sous-marine ! j'ai dit à Maman quand elle est revenue de la cuisine.

— C'est très bien, mon chéri, m'a répondu Maman, bien qu'en Méditerranée il paraît qu'il n'y a plus beaucoup de poissons. Il y a trop de pêcheurs.

— C'est pas vrai ! a dit Papa ; mais Maman lui a demandé de ne pas la contredire devant le petit et que si elle disait ça, c'est parce qu'elle l'avait lu dans un journal ; et puis elle s'est mise à son tricot, un tricot qu'elle a commencé ça fait des tas de jours.

— Mais alors, j'ai dit à Papa, on va avoir l'air de deux guignols sous l'eau, s'il n'y a pas de poissons !

Papa est allé remettre le masque dans le placard sans rien dire. Moi, j'étais pas tellement content : c'est vrai, chaque fois qu'on va à la pêche avec Papa c'est la même chose, on ne ramène rien. Papa est revenu et puis il a pris son journal.

— Et alors, j'ai dit, des poissons pour la pêche sous-marine, il y en a où ?

— Demande à ta mère, m'a répondu Papa, c'est une experte.

— Il y en a dans l'Atlantique, mon chéri, m'a dit Maman.

Moi, j'ai demandé si l'Atlantique c'était loin de là où nous allions, mais Papa m'a dit que si j'étudiais un peu mieux à l'école, je ne poserais pas de questions comme ça et ce n'est pas très juste, parce qu'à l'école on n'a pas de classes de pêche sous-marine ; mais je n'ai rien dit, j'ai vu que Papa n'avait pas trop envie de parler.

— Il faudra faire la liste des choses à emporter, a dit Maman.

— Ah ! non ! a crié Papa. Cette année, nous n'allons pas partir déguisés en camion de déménagement. Des slips de bain, des shorts, des vêtements simples, quelques lainages...

— Et puis des casseroles, la cafetière électrique, la couverture rouge et un peu de vaisselle, a dit Maman.

Papa, il s'est levé d'un coup, tout fâché, il a ouvert la bouche, mais il n'a pas pu parler, parce que Maman l'a fait à sa place.

— Tu sais bien, a dit Maman, ce que nous ont raconté les Blédurt quand ils ont loué une villa l'année dernière. Pour toute vaisselle, il y avait trois assiettes ébréchées et à la cuisine deux petites casseroles dont une avait un trou au fond. Ils ont dû acheter sur place à prix d'or ce dont ils avaient besoin.

— Blédurt ne sait pas se débrouiller, a dit Papa. Et il s'est rassis.

— Possible, a dit Maman, mais si tu veux une soupe de poisson, je ne peux pas la faire dans une casserole trouée, même si on arrive à se procurer du poisson.

Alors, moi je me suis mis à pleurer, parce que c'est vrai ça, c'est pas drôle d'aller à une mer où il n'y a pas de poissons, alors que pas loin il y a les Atlantiques où c'en est plein. Maman a laissé son tricot, elle m'a pris dans ses bras et elle m'a dit qu'il ne fallait pas être triste à cause des vilains poissons et que je serai bien content tous les matins quand je verrai la mer de la fenêtre de ma jolie chambre.

— C'est-à-dire, a expliqué Papa, que la mer on ne la voit pas de la villa. Mais elle n'est pas très loin, à deux kilomètres. C'est la dernière villa qui restait à louer à Plage-les-Pins.

— Mais bien sûr, mon chéri, a dit Maman. Et puis elle m'a embrassé et je suis allé jouer sur le tapis avec les deux billes que j'ai gagnées à Eudes à l'école.

— Et la plage, c'est des galets ? a demandé Maman.

— Non, madame ! Pas du tout ! a crié Papa tout content. C'est une plage de sable ! De sable très fin ! On ne trouve pas un seul galet sur cette plage !

— Tant mieux, a dit Maman ; comme ça, Nicolas ne passera pas son temps à faire ricocher des galets sur l'eau. Depuis que tu lui as appris à faire ça, c'est une véritable passion chez lui.

Et moi j'ai recommencé à pleurer, parce que c'est vrai que c'est chouette de faire ricocher des galets sur l'eau ; j'arrive à les faire sauter jusqu'à quatre fois, et ce n'est pas juste, à la fin, d'aller dans cette vieille villa avec des casseroles trouées, loin de la mer, là où il n'y a ni galets ni poissons.

— Je vais chez Mémé ! j'ai crié, et j'ai donné un coup de pied à une des billes d'Eudes.

Maman m'a pris de nouveau dans ses bras et elle m'a dit de ne pas pleurer, que Papa était celui qui avait le plus besoin de vacances dans la famille et que même si c'était moche là où il voulait aller, il fallait y aller en faisant semblant d'être contents.

— Mais, mais, mais..., a dit Papa.

— Moi je veux faire des ricochets ! j'ai crié.

— Tu en feras peut-être l'année prochaine, m'a dit Maman, si Papa décide de nous emmener à Bains-les-Mers.

— Où ça ? a demandé Papa, qui est resté avec la bouche ouverte.

— A Bains-les-Mers, a dit Maman, en Bretagne, là où il y a l'Atlantique, beaucoup de poissons et un gentil petit hôtel qui donne sur une plage de sable et de galets.

— Moi je veux aller à Bains-les-Mers ! j'ai crié. Moi je veux aller à Bains-les-Mers !

— Mais, mon chéri, a dit Maman, il faut être raisonnable, c'est Papa qui décide.

Papa s'est passé la main sur la figure, il a poussé un gros soupir et il a dit :

— Bon, ça va ! j'ai compris. Il s'appelle comment ton hôtel ?

— Beau-Rivage, mon chéri, a dit Maman.

Papa a dit que bon, qu'il allait écrire pour voir s'il restait encore des chambres.

— Ce n'est pas la peine, mon chéri, a dit Maman, c'est déjà fait. Nous avons la chambre 29, face à la mer, avec salle de bains.

Et Maman a demandé à Papa de ne pas bouger parce qu'elle voulait voir si la longueur du pull-over qu'elle tricotait était bien. Il paraît que les nuits en Bretagne sont un peu fraîches.

Le père de Nicolas ayant pris sa décision, il ne restait plus qu'à ranger la maison, mettre les housses, enlever les tapis, décrocher les rideaux, faire les bagages, sans oublier d'emporter les œufs durs et les bananes pour manger dans le compartiment.

Le voyage en train s'est très bien passé, même si la mère de Nicolas s'est entendu reprocher d'avoir mis le sel pour les œufs durs dans la malle marron qui est dans le fourgon. Et c'est l'arrivée à Bains-les-Mers, à l'hôtel Beau-Rivage. La plage est là, et les vacances peuvent commencer...

16

La plage, c'est chouette

A la plage, on rigole bien. Je me suis fait des tas de copains, il y a Blaise, et puis Fructueux, et Mamert ; qu'il est bête celui-là ! Et Irénée et Fabrice et Côme et puis Yves, qui n'est pas en vacances parce qu'il est du pays et on joue ensemble, on se dispute, on ne se parle plus et c'est drôlement chouette.

« Va jouer gentiment avec tes petits camarades, m'a dit papa ce matin, moi je vais me reposer et prendre un bain de soleil. » Et puis, il a commencé à se mettre de l'huile partout et il rigolait en disant : « Ah ! quand je pense aux copains qui sont restés au bureau ! »

Nous, on a commencé à jouer avec le ballon d'Irénée. « Allez jouer plus loin », a dit papa, qui avait fini de se huiler, et bing ! le ballon est tombé sur la tête de papa. Ça, ça ne lui a pas plu à papa. Il s'est fâché tout plein et il a donné un gros coup de pied dans le ballon, qui est allé tomber dans l'eau, très loin. Un shoot terrible. « C'est vrai ça, à la fin », a dit papa. Irénée est parti en courant et il est revenu avec son papa. Il est drôlement grand et gros le papa d'Irénée, et il n'avait pas l'air content.

— C'est lui ! a dit Irénée en montrant papa avec le doigt.

— C'est vous, a dit le papa d'Irénée à mon papa, qui avez jeté dans l'eau le ballon du petit ?

— Ben oui, a répondu mon papa au papa d'Irénée, mais ce ballon, je l'avais reçu dans la figure.

— Les enfants, c'est sur la plage pour se détendre, a dit le papa d'Irénée, si ça ne vous plaît pas, restez chez vous. En attendant, ce ballon, il faut aller le chercher.

— Ne fais pas attention, a dit maman à papa. Mais papa a préféré faire attention.

— Bon, bon, il a dit, je vais aller le chercher, ce fameux ballon.

— Oui, a dit le papa d'Irénée, moi à votre place j'irais aussi.

Papa, ça lui a pris du temps de chercher le ballon, que le vent avait poussé très loin. Il avait l'air fatigué, papa, quand il a rendu le ballon à Irénée et il nous a dit :

— Écoutez, les enfants, je veux me reposer tranquille. Alors, au lieu de jouer au ballon, pourquoi ne jouez-vous pas à autre chose ?

— Ben, à quoi par exemple, hein, dites ? a demandé Mamert. Qu'il est bête celui-là !

— Je ne sais pas, moi, a répondu papa, faites des trous, c'est amusant de faire des trous dans le sable. Nous, on a trouvé que c'était une idée terrible et on a pris nos pelles pendant que papa a voulu commencer à se rehuiler, mais il n'a pas pu, parce qu'il n'y avait plus d'huile dans la bouteille. « Je vais aller en acheter au magasin, au bout de la promenade », a dit papa, et maman lui a demandé pourquoi il ne restait pas un peu tranquille.

On a commencé à faire un trou. Un drôle de trou, gros et profond comme tout. Quand papa est revenu avec sa bouteille d'huile, je l'ai appelé et je lui ai dit :

— T'as vu notre trou, papa ?

— Il est très joli, mon chéri, a dit papa, et il a essayé de déboucher sa bouteille d'huile avec ses dents. Et puis, est venu un monsieur avec une casquette blanche et il nous a demandé qui nous avait permis de faire ce trou dans sa

plage. « C'est lui, m'sieur ! » ont dit tous mes copains en montrant papa. Moi j'étais très fier, parce que je croyais que le monsieur à la casquette allait féliciter papa. Mais le monsieur n'avait pas l'air content.

— Vous n'êtes pas un peu fou, non, de donner des idées comme ça aux gosses ? a demandé le monsieur. Papa, qui travaillait toujours à déboucher sa bouteille d'huile, a dit : « Et alors ? » Et alors, le monsieur à la casquette s'est mis à crier que c'était incroyable ce que les gens étaient inconscients, qu'on pouvait se casser une jambe en tombant dans le trou, et qu'à marée haute, les gens qui ne savaient pas nager perdraient pied et se noieraient dans le trou, et que le sable pouvait s'écrouler et qu'un de nous risquait de rester dans le trou, et qu'il pouvait se passer des tas de choses terribles dans le trou et qu'il fallait absolument reboucher le trou.

— Bon, a dit papa, rebouchez le trou, les enfants. Mais les copains ne voulaient pas reboucher le trou.

— Un trou, a dit Côme, c'est amusant à creuser, mais c'est embêtant à reboucher.

— Allez, on va se baigner ! a dit Fabrice. Et ils sont tous partis en courant. Moi je suis resté, parce que j'ai vu que papa avait l'air d'avoir des ennuis.

— Les enfants ! Les enfants ! il a crié papa, mais le monsieur à la casquette a dit :

— Laissez les enfants tranquilles et rebouchez-moi ce trou en vitesse ! Et il est parti.

Papa a poussé un gros soupir et il m'a aidé à reboucher le trou. Comme on n'avait qu'une seule petite pelle, ça a pris du temps et on avait à peine fini que maman a dit qu'il était l'heure de rentrer à l'hôtel pour déjeuner, et qu'il fallait se dépêcher, parce que, quand on est en retard, on ne vous sert pas, à l'hôtel. « Ramasse tes affaires, ta pelle, ton seau et viens », m'a dit maman. Moi j'ai pris mes affaires, mais je n'ai pas trouvé mon seau. « Ça ne fait rien, rentrons », a dit papa. Mais moi, je me suis mis à pleurer plus fort.

Un chouette seau, jaune et rouge, et qui faisait des pâtés terribles. « Ne nous énervons pas, a dit papa, où l'as-tu mis, ce seau ? » J'ai dit qu'il était peut-être au fond du trou, celui qu'on venait de boucher. Papa m'a regardé comme s'il voulait me donner une fessée, alors je me suis mis à pleurer plus fort et papa a dit que bon, qu'il allait le chercher le seau, mais

21

que je ne lui casse plus les oreilles. Mon papa, c'est le plus gentil de tous les papas ! Comme nous n'avions toujours que la petite pelle pour les deux, je n'ai pas pu aider papa et je le regardais faire quand on a entendu une grosse voix derrière nous : « Est-ce que vous vous fichez de moi ? » Papa a poussé un cri, nous nous sommes retournés et nous avons vu le monsieur à la casquette blanche. « Je crois me souvenir que je vous avais interdit de faire des trous », a dit le monsieur. Papa lui a expliqué qu'il cherchait mon seau. Alors, le monsieur lui a dit que d'accord, mais à condition qu'il rebouche le trou après. Et il est resté là pour surveiller papa.

« Écoute, a dit maman à papa, je rentre à l'hôtel avec Nicolas. Tu nous rejoindras dès

que tu auras retrouvé le seau. » Et nous sommes partis. Papa est arrivé très tard à l'hôtel, il était fatigué, il n'avait pas faim et il est allé se coucher. Le seau, il ne l'avait pas trouvé, mais ce n'est pas grave, parce que je me suis aperçu que je l'avais laissé dans ma chambre. L'après-midi, il a fallu appeler un docteur, à cause des brûlures de papa. Le docteur a dit à papa qu'il devait rester couché pendant deux jours.

— On n'a pas idée de s'exposer comme ça au soleil, a dit le docteur, sans se mettre de l'huile sur le corps.

— Ah ! a dit papa, quand je pense aux copains qui sont restés au bureau !

Mais il ne rigolait plus du tout en disant ça.

Malheureusement, il arrive parfois en Bretagne que le soleil aille faire
un petit tour sur la Côte d'Azur. C'est pour cela que le patron de l'hôtel
Beau-Rivage surveille avec inquiétude son baromètre, qui mesure la pres-
sion atmosphérique de ses pensionnaires...

Le boute-en-train

Nous on est en vacances dans un hôtel, et il y a la plage et la mer et c'est drôlement chouette, sauf aujourd'hui où il pleut et ce n'est pas rigolo, c'est vrai ça, à la fin. Ce qui est embêtant, quand il pleut, c'est que les grands ne savent pas nous tenir et nous on est insupportables et ça fait des histoires. J'ai des tas de copains à l'hôtel, il y a Blaise, et Fructueux, et Mamert, qu'il est bête celui-là ! et Irénée, qui a un papa grand et fort, et Fabrice, et puis Côme. Ils sont chouettes, mais ils ne sont pas toujours très sages. Pendant le déjeuner, comme c'était mercredi il y avait des raviolis et des escalopes, sauf pour le papa et la maman de Côme qui prennent toujours des suppléments et qui ont eu des langoustines, moi j'ai dit que je voulais aller à la plage. « Tu vois bien qu'il pleut, m'a répondu papa, ne me casse pas les oreilles. Tu joueras dans l'hôtel avec tes petits camarades. » Moi, j'ai dit que je voulais bien jouer avec mes petits camarades, mais à la plage, alors papa m'a demandé si je voulais une fessée devant tout le monde et comme je ne voulais pas, je me suis mis à pleu-

25

rer. A la table de Fructueux, ça pleurait dur aussi et puis la maman de Blaise a dit au papa de Blaise que c'était une drôle d'idée qu'il avait eue de venir passer ses vacances dans un endroit où il pleuvait tout le temps et le papa de Blaise s'est mis à crier que ce n'était pas lui qui avait eu cette idée, que la dernière idée qu'il avait eue dans sa vie, c'était celle de se marier. Maman a dit à papa qu'il ne fallait pas faire pleurer le petit, papa a crié qu'on commençait à lui chauffer les oreilles et Irénée a fait tomber par terre sa crème renversée et son papa lui a donné une gifle. Il y avait un drôle de bruit dans la salle à manger et le patron de l'hôtel est venu, il a dit qu'on allait servir le café dans le salon, qu'il allait mettre des disques et qu'il avait entendu à la radio que demain il allait faire un soleil terrible.

Et dans le salon, M. Lanternau a dit : « Moi, je vais m'occuper des gosses ! » M. Lanternau est un monsieur très gentil, qui aime bien rigoler très fort et se faire ami avec tout le monde. Il donne des tas de claques sur les épaules des gens et papa n'a pas tellement aimé ça, mais c'est parce qu'il avait un gros coup de soleil quand M. Lanternau lui a donné sa claque. Le soir où M. Lanternau s'est déguisé avec un rideau et un abat-jour, le patron de l'hôtel a expliqué à papa que M. Lanternau était un vrai boute-en-train. « Moi, il ne me fait pas rigoler », a répondu papa, et il est allé se coucher.

Mme Lanternau, qui est en vacances avec
M. Lanternau, elle ne dit jamais rien, elle a
l'air un peu fatiguée.

M. Lanternau s'est mis debout, il a levé un
bras et il a crié :

— Les gosses ! A mon commandement !
Tous derrière moi en colonne par un ! Prêts ?
Direction la salle à manger, en avant, marche !
Une deux, une deux, une deux ! Et M. Lanternau est parti dans la salle à manger, d'où il est
ressorti tout de suite, pas tellement content. Et
alors, il a demandé, pourquoi ne m'avez-vous
pas suivi ?

— Parce que nous, a dit Mamert (qu'il est
bête, celui-là !), on veut aller jouer sur la plage.

— Mais non, mais non, a dit M. Lanternau,
il faut être fou pour vouloir aller se faire tremper par la pluie sur la plage ! Venez avec moi,
on va s'amuser bien mieux que sur la plage.
Vous verrez, après, vous voudrez qu'il pleuve
tout le temps ! Et M. Lanternau s'est mis à
faire des gros rires.

— On y va ? j'ai demandé à Irénée.

— Bof, a répondu Irénée, et puis on y est allé avec les autres.

Dans la salle à manger, M. Lanternau a écarté les tables et les chaises et il a dit qu'on allait jouer à colin-maillard. « Qui s'y colle ? » a demandé M. Lanternau et nous on lui a dit que c'était lui qui s'y collait, alors, il a dit bon et il a demandé qu'on lui bande les yeux avec un mouchoir et quand il a vu nos mouchoirs, il a préféré prendre le sien. Après ça, il a mis les bras devant lui et il criait : « Hou, je vous attrape ! Je vous attrape, houhou ! » et il faisait des tas de gros rires.

Moi, je suis terrible aux dames, c'est pour ça que ça m'a fait rigoler quand Blaise a dit qu'il pouvait battre n'importe qui aux dames, qu'il était champion. Blaise, ça ne lui a pas plu que je rigole et il m'a dit que puisque j'étais si malin, on allait voir, et nous sommes allés dans le salon pour demander le jeu de dames au patron de l'hôtel et les autres nous ont suivis pour savoir qui était le plus fort. Mais le patron de l'hôtel n'a pas voulu nous prêter les dames, il a dit que le jeu était pour les grandes personnes et qu'on allait lui perdre des pions. On était là tous à discuter, quand on a entendu une grosse voix derrière nous : « Ça vaut pas de sortir de la salle à manger ! » C'était M. Lanternau qui venait nous chercher et qui nous avait trouvés parce qu'il n'avait plus les

30

yeux bandés. Il était tout rouge et sa voix tremblait un peu, comme celle de papa, la fois où il m'a vu en train de faire des bulles de savon avec sa nouvelle pipe.

— Bien, a dit M. Lanternau, puisque vos parents sont partis faire la sieste, nous allons rester dans le salon et nous amuser gentiment. Je connais un jeu formidable, on prend tous du papier et un crayon, et moi je dis une lettre et il faut écrire cinq noms .de pays, cinq noms d'animaux et cinq noms de villes. Celui qui perd, il aura un gage.

M. Lanternau est allé chercher du papier et des crayons et nous, nous sommes allés dans la salle à manger jouer à l'autobus avec les chaises. Quand M. Lanternau est venu nous chercher, je crois qu'il était un peu fâché. « Au salon, tous ! » il a dit.

— Nous allons commencer par la lettre « A », a dit M. Lanternau. Au travail ! et il s'est mis à écrire drôlement vite.

— La mine de mon crayon s'est cassée, c'est pas juste ! a dit Fructueux et Fabrice a crié :

— M'sieu ! Côme copie !

— C'est pas vrai, sale menteur ! a répondu Côme et Fabrice lui a donné une gifle. Côme, il est resté un peu étonné et puis il a commencé à donner des coups de pied à Fabrice, et puis Fructueux a voulu prendre mon crayon juste quand j'allais écrire « Autriche » et je lui ai donné un coup de poing sur le nez, alors Fructueux a fermé les yeux et il a donné des claques partout et Irénée en a reçu une et puis Mamert demandait en criant : « Eh, les gars ! Asnières, c'est un pays ? » On faisait tous un drôle de bruit et c'était chouette comme une récré, quand, bing ! il y a un cendrier qui est tombé par terre. Alors le patron de l'hôtel est venu en courant, il s'est mis à crier et à nous gronder et nos papas et nos mamans sont venus dans le salon et ils se sont disputés avec nous et avec le patron de l'hôtel. M. Lanternau, lui, il était parti.

C'est Mme Lanternau qui l'a retrouvé le soir, à l'heure du dîner. Il paraît que M. Lanternau avait passé l'après-midi à se faire tremper par la pluie, assis sur la plage.

Et c'est vrai que M. Lanternau est un drôle de boute-en-train, parce que papa, quand il l'a vu revenir à l'hôtel, il a tellement rigolé, qu'il n'a pas pu manger. Et pourtant, le mercredi soir, c'est de la soupe au poisson !

De l'hôtel Beau-Rivage, on a vue sur la mer, quand on se met debout sur le bord de la baignoire, et il faut faire attention de ne pas glisser. Quand il fait beau, et si on n'a pas glissé, on distingue très nettement la mystérieuse île des Embruns, où, d'après une brochure éditée par le Syndicat d'Initiative, le Masque de Fer a failli être emprisonné. On peut visiter le cachot qu'il aurait occupé, et acheter des souvenirs à la buvette.

L'île
des Embruns

C'est chic, parce qu'on va faire une excursion en bateau. M. et Mme Lanternau viennent avec nous, et ça, ça n'a pas tellement plu à papa qui n'aime pas beaucoup M. Lanternau, je crois. Et je ne comprends pas pourquoi. M. Lanternau, qui passe ses vacances dans le même hôtel que nous, est très drôle et il essaie toujours d'amuser les gens. Hier, il est venu dans la salle à manger avec un faux nez et une grosse moustache et il a dit au patron de l'hôtel que le poisson n'était pas frais. Moi, ça m'a fait drôlement rigoler. C'est quand maman a dit à Mme Lanternau que nous allions en excursion à l'île des Embruns, que M. Lanternau a dit : « Excellente idée, nous irons avec vous, comme ça, vous ne risquerez pas de vous ennuyer ! » et après, papa a dit à maman que ce n'était pas malin ce qu'elle avait fait et que ce boute-en-train à la manque allait nous gâcher la promenade.

Nous sommes partis de l'hôtel le matin, avec un panier de pique-nique plein d'escalopes froides, de sandwiches, d'œufs durs, de bananes et de cidre. C'était chouette. Et puis

M. Lanternau est arrivé avec une casquette
blanche de marin, moi j'en veux une comme
ça, et il a dit : « Alors, l'équipage, prêt à l'embarquement ? En avant, une deux, une deux,
une deux ! » Papa a dit des choses à voix basse
et maman l'a regardé avec des gros yeux.

Au port, quand j'ai vu le bateau, j'ai été un
peu déçu, parce qu'il était tout petit, le bateau.
Il s'appelait « La Jeanne » et le patron avait
une grosse tête rouge avec un béret dessus et il
ne portait pas un uniforme avec des tas de
galons en or, comme j'espérais, pour le raconter à l'école aux copains quand je rentrerai de
vacances, mais ça ne fait rien, je le raconterai
quand même, après tout, quoi, à la fin ?

— Alors, capitaine, a dit M. Lanternau, tout
est paré à bord ?

— C'est bien vous les touristes pour l'île des
Embruns ? a demandé le patron et puis nous
sommes montés sur son bateau. M. Lanternau
est resté debout et il a crié :

— Larguez les amarres ! Hissez les voiles !
En avant, toute !

— Remuez pas comme ça, a dit papa, vous allez tous nous flanquer à l'eau !

— Oh oui, a dit maman, soyez prudent M. Lanternau. Et puis elle a ri un petit coup, elle m'a serré la main très fort et elle m'a dit de ne pas avoir peur mon chéri. Mais moi, comme je le raconterai à l'école à la rentrée, je n'ai jamais peur.

— Ne craignez rien, petite madame, a dit M. Lanternau à maman, c'est un vieux marin que vous avez à bord !

— Vous avez été marin, vous ? a demandé papa.

— Non, a répondu M. Lanternau, mais chez moi, sur la cheminée, j'ai un petit voilier dans une bouteille ! Et il a fait un gros rire et il a donné une grande claque sur le dos de papa.

Le patron du bateau n'a pas hissé les voiles, comme l'avait demandé M. Lanternau, parce qu'il n'y avait pas de voiles sur le bateau. Il y avait un moteur qui faisait potpotpot et qui sentait comme l'autobus qui passe devant la maison, chez nous. Nous sommes sortis du port et il y avait des petites vagues et le bateau remuait, c'était chouette comme tout.

— La mer va être calme ? a demandé papa au patron du bateau. Pas de grain à l'horizon ?

M. Lanternau s'est mis à rigoler.

— Vous, il a dit à papa, vous avez peur d'avoir le mal de mer !

— Le mal de mer ? a répondu papa. Vous

voulez plaisanter. J'ai le pied marin, moi. Je vous parie que vous aurez le mal de mer avant moi, Lanternau !

— Tenu ! a dit M. Lanternau et il a donné une grosse claque sur le dos de papa, et papa a fait une tête comme s'il voulait donner une claque sur la figure de M. Lanternau.

— C'est quoi, le mal de mer, maman ? j'ai demandé.

— Parlons d'autre chose, mon chéri, si tu veux bien, m'a répondu maman.

Les vagues devenaient plus fortes et c'était de plus en plus chouette. De là où nous étions, on voyait l'hôtel qui avait l'air tout petit et j'ai reconnu la fenêtre qui donnait sur notre baignoire, parce que maman avait laissé son maillot rouge à sécher. Pour aller à l'île des Embruns, ça prend une heure, il paraît. C'est un drôle de voyage !

— Dites donc, a dit M. Lanternau à papa, je connais une histoire qui va vous amuser. Voilà : il y avait deux clochards qui avaient envie de manger des spaghetti...

Malheureusement je n'ai pas pu connaître la suite de l'histoire, parce que M. Lanternau a continué à la raconter à l'oreille de papa.

— Pas mal, a dit papa, et vous connaissez celle du médecin qui soigne un cas d'indigestion ? et comme M. Lanternau ne la connaissait pas, papa la lui a racontée à l'oreille. Ils sont embêtants, à la fin ! Maman, elle, n'écoutait pas, elle regardait vers l'hôtel. Mme Lanternau, comme d'habitude, elle ne disait rien. Elle a toujours l'air un peu fatiguée.

Devant nous, il y avait l'île des Embruns, elle était encore loin et c'était joli à voir avec toute la mousse blanche des vagues. Mais M. Lanternau ne regardait pas l'île, il regardait papa, et, quelle drôle d'idée, il a tenu absolument à lui raconter ce qu'il avait mangé dans un restaurant avant de partir en vacances. Et papa, qui pourtant, d'habitude, n'aime pas faire la conversation avec M. Lanternau, lui a raconté tout ce qu'il avait mangé à son repas de première communion. Moi, ils commençaient à me donner faim avec leurs histoires. J'ai voulu demander à maman de me donner un œuf dur, mais elle ne m'a pas entendu parce qu'elle avait les mains sur les oreilles, à cause du vent, sans doute.

— Vous m'avez l'air un peu pâle, a dit M. Lanternau à papa, ce qui vous ferait du bien, c'est un grand bol de graisse de mouton tiède.

— Oui, a dit papa, ce n'est pas mauvais avec des huîtres recouvertes de chocolat chaud.

L'île des Embruns était tout près maintenant.

— Nous allons bientôt débarquer, a dit M. Lanternau à papa, vous seriez chiche de manger une escalope froide ou un sandwich, tout de suite, avant de quitter le bateau ?

— Mais certainement, a répondu papa, l'air du large, ça creuse ! Et papa a pris le panier à pique-nique et puis il s'est retourné vers le patron du bateau.

— Un sandwich avant d'accoster, patron ? a demandé papa.

Eh bien, on n'y est jamais arrivé à l'île des Embruns, parce que quand il a vu le sandwich, le patron du bateau est devenu très malade et il a fallu revenir au port le plus vite possible.

Un nouveau professeur de gymnastique a fait son apparition sur la plage, et tous les parents se sont empressés d'inscrire leurs enfants à son cours. Ils ont pensé, dans leur sagesse de parents, que d'occuper les enfants pendant une heure tous les jours pouvait faire le plus grand bien à tout le monde.

La gym

Hier, on a eu un nouveau professeur de gymnastique.

— Je m'appelle Hector Duval, il nous a dit, et vous ?

— Nous pas, a répondu Fabrice, et ça, ça nous a fait drôlement rigoler.

J'étais sur la plage avec tous les copains de l'hôtel, Blaise, Fructueux, Mamert, qu'il est bête celui-là ! Irénée, Fabrice et Côme. Pour la leçon de gymnastique, il y avait des tas d'autres types ; mais ils sont de l'hôtel de la Mer et de l'hôtel de la Plage et nous, ceux du Beau-Rivage, on ne les aime pas.

Le professeur, quand on a fini de rigoler, il a plié ses bras et ça a fait deux gros tas de muscles.

— Vous aimeriez avoir des biceps comme ça ? a demandé le professeur.

— Bof, a répondu Irénée.

— Moi, je ne trouve pas ça joli, a dit Fructueux, mais Côme a dit qu'après tout, oui, pourquoi pas, il aimerait bien avoir des trucs comme ça sur les bras pour épater les copains

à l'école. Côme, il m'énerve, il veut toujours se montrer. Le professeur a dit :

— Eh bien, si vous êtes sages et vous suivez bien les cours de gymnastique, à la rentrée, vous aurez tous des muscles comme ça.

Alors, le professeur nous a demandé de nous mettre en rang et Côme m'a dit :

— Chiche que tu ne sais pas faire des galipettes comme moi. Et il a fait une galipette.

Moi, ça m'a fait rigoler, parce que je suis terrible pour les galipettes, et je lui ai montré.

— Moi aussi je sais ! Moi aussi je sais ! a dit Fabrice, mais lui, il ne savait pas. Celui qui les faisait bien, c'était Fructueux, beaucoup mieux que Blaise, en tout cas. On était tous là, à faire des galipettes partout, quand on a entendu des gros coups de sifflet à roulette.

— Ce n'est pas bientôt fini ? a crié le professeur. Je vous ai demandé de vous mettre en rang, vous aurez toute la journée pour faire les clowns !

On s'est mis en rang pour ne pas faire d'histoires et le professeur nous a dit qu'il allait nous montrer ce que nous devions faire pour avoir des tas de muscles partout. Il a levé les bras et puis il les a baissés, il les a levés et il les a baissés, il les a levés et un des types de l'hôtel de la Mer nous a dit que notre hôtel était moche.

— C'est pas vrai, a crié Irénée, il est rien chouette notre hôtel, c'est le vôtre qui est drôlement laid !

— Dans le nôtre, a dit un type de l'hôtel de la Plage, on a de la glace au chocolat tous les soirs !

— Bah ! a dit un de ceux de l'hôtel de la Mer, nous, on en a à midi aussi et jeudi il y avait des crêpes à la confiture !

— Mon papa, a dit Côme, il demande toujours des suppléments, et le patron de l'hôtel lui donne tout ce qu'il veut !

— Menteur, c'est pas vrai ! a dit un type de l'hôtel de la Plage.

— Ça va continuer longtemps, votre petite conversation ? a crié le professeur de gymnastique, qui ne bougeait plus les bras parce qu'il les avait croisés. Ce qui bougeait drôlement, c'étaient ses trous de nez, mais je ne crois pas que c'est en faisant ça qu'on aura des muscles.

Le professeur s'est passé une main sur la figure et puis il nous a dit qu'on verrait plus tard pour les mouvements de bras, qu'on allait faire des jeux pour commencer. Il est chouette, le professeur !

— Nous allons faire des courses, il a dit. Mettez-vous en rang, là. Vous partirez au coup

de sifflet. Le premier arrivé au parasol, là-bas, c'est le vainqueur. Prêts ? et le professeur a donné un coup de sifflet. Le seul qui est parti, c'est Mamert, parce que nous, on a regardé le coquillage que Fabrice avait trouvé sur la plage, et Côme nous a expliqué qu'il en avait trouvé un beaucoup plus grand l'autre jour et qu'il allait l'offrir à son papa pour qu'il s'en fasse un cendrier. Alors, le professeur a jeté son sifflet par terre et il a donné des tas de coups de pied dessus. La dernière fois que j'ai vu quelqu'un d'aussi fâché que ça, c'est à l'école, quand Agnan, qui est le premier de la classe, et le chouchou de la maîtresse, a su qu'il était second à la composition d'arithmétique.

— Est-ce que vous allez vous décider à m'obéir ? a crié le professeur.

— Ben quoi, a dit Fabrice, on allait partir pour votre course, m'sieur, y a rien qui presse.

Le professeur a fermé les yeux et les poings, et puis il a levé ses trous de nez qui bougeaient, vers le ciel. Quand il a redescendu la tête, il s'est mis à parler très lentement et très doucement.

— Bon, il a dit, on recommence. Tous prêts pour le départ.

— Ah non, a crié Mamert, c'est pas juste ! C'est moi qui ai gagné, j'étais le premier au parasol ! C'est pas juste et je le dirai à mon papa ! et il s'est mis à pleurer et à donner des coups de pied dans le sable et puis il a dit que puisque c'était comme ça, il s'en allait et il est parti en pleurant et je crois qu'il a bien fait de partir, parce que le professeur le regardait de la même façon que papa regardait le ragoût qu'on nous a servi hier soir pour le dîner.

— Mes enfants, a dit le professeur, mes chers petits, mes amis, celui qui ne fera pas ce que je lui dirai de faire... je lui flanque une fessée dont il se souviendra longtemps !

— Vous n'avez pas le droit, a dit quelqu'un, il n'y a que mon papa, ma maman, tonton et pépé qui ont le droit de me donner des fessées !

— Qui a dit ça ? a demandé le professeur.

— C'est lui, a dit Fabrice en montrant un type de l'hôtel de la Plage, un tout petit type.

— C'est pas vrai, sale menteur, a dit le petit type et Fabrice lui a jeté du sable à la figure, mais le petit type lui a donné une drôle de claque. Moi je crois que le petit type avait déjà dû faire de la gymnastique et Fabrice a été tellement surpris, qu'il a oublié de pleurer. Alors, on a tous commencé à se battre, mais ceux de l'hôtel de la Mer et ceux de l'hôtel de la Plage, c'est des traîtres.

Quand on a fini de se battre, le professeur, qui était assis sur le sable, s'est levé et il a dit :

— Bien. Nous allons passer au jeu suivant. Tout le monde face à la mer. Au signal, vous allez tous à l'eau ! Prêts ? Partez !

Ça, ça nous plaisait bien, ce qu'il y a de mieux à la plage, avec le sable, c'est la mer. On

a couru drôlement et l'eau était chouette et on s'est éclaboussés les uns les autres et on a joué à sauter avec les vagues et Côme criait : « Regardez-moi ! Regardez-moi ! Je fais du crawl ! » et quand on s'est retournés, on a vu que le professeur n'était plus là.

Et aujourd'hui, on a eu un nouveau professeur de gymnastique.

— Je m'appelle Jules Martin, il nous a dit, et vous ?

Les vacances se poursuivent agréablement, et le père de Nicolas n'a rien à reprocher à l'hôtel Beau-Rivage, si ce n'est son ragoût, surtout le soir où il a trouvé un coquillage dedans. Comme il n'y a plus de professeur de gymnastique pour l'instant, les enfants cherchent d'autres activités pour y déverser le trop-plein de leur énergie...

Le golf miniature

Aujourd'hui on a décidé d'aller jouer au golf miniature qui se trouve à côté du magasin où on vend des souvenirs. C'est rien chouette le golf miniature, je vais vous l'expliquer : il y a dix-huit trous et on vous donne des balles et des bâtons et il faut mettre les balles dans les trous en moins de coups de bâton possible. Pour arriver jusqu'aux trous, il faut passer par des petits châteaux, des rivières, des zigzags, des montagnes, des escaliers ; c'est terrible. Il n'y a que le premier trou qui est facile.

L'ennui, c'est que le patron du golf miniature ne nous laisse pas jouer si on n'est pas accompagnés par une grande personne. Alors,

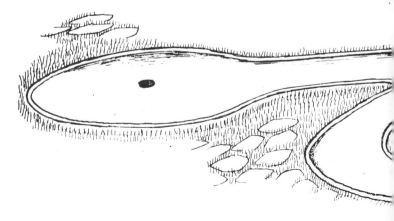

avec Blaise, Fructueux, Mamert, qu'il est bête celui-là ! Irénée, Fabrice et Côme qui sont mes copains de l'hôtel, nous sommes allés demander à mon papa de venir jouer avec nous au golf miniature.

— Non, a dit papa qui lisait son journal sur la plage.

— Allez, quoi, soyez chouette pour une fois ! a dit Blaise.

— Allez, quoi ! Allez, quoi ! ont crié les autres et moi je me suis mis à pleurer et j'ai dit que puisque je ne pouvais pas jouer au golf miniature, je prendrai un pédalo et je partirai loin, très loin et on ne me reverrait jamais.

— Tu peux pas, m'a dit Mamert, mais qu'il est bête ! Pour louer un pédalo, il faut être accompagné par une grande personne.

— Bah, a dit Côme, qui m'énerve parce qu'il aime toujours se montrer, moi, j'ai pas besoin

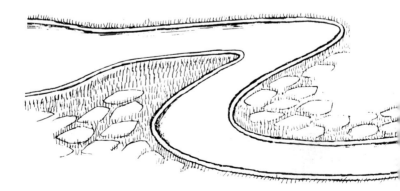

de pédalo, je peux aller très loin en faisant du crawl.

On était tous là à discuter autour de papa, et puis papa a chiffonné son journal, il l'a jeté sur le sable et il a dit :

— Bon, ça va, je vous emmène au golf miniature.

J'ai le papa le plus gentil du monde. Je le lui ai dit et je l'ai embrassé.

Le patron du golf miniature, quand il nous a vus, il n'avait pas tellement envie de nous laisser jouer. Nous on s'est mis à crier : « Allez, quoi ! Allez, quoi ! » et puis le patron du golf miniature a accepté, mais il a dit à papa de bien nous surveiller.

On s'est mis au départ du premier trou, celui qui est drôlement facile et papa, qui sait des tas de choses, nous a montré comment il fallait faire pour tenir le bâton.

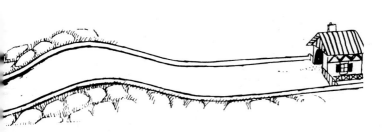

— Moi je sais ! a dit Côme et il a voulu commencer à jouer, mais Fabrice lui a dit qu'il n'y avait pas de raison qu'il soit le premier.

— On n'a qu'à y aller par ordre alphabétique, comme à l'école, quand la maîtresse nous interroge, a dit Blaise ; mais moi j'étais pas

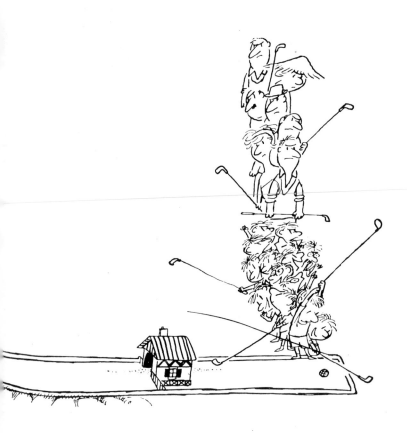

d'accord, parce que Nicolas, c'est drôlement loin dans l'alphabet et à l'école c'est chouette, mais au golf miniature, c'est pas juste. Et puis, le patron du golf miniature est venu dire à papa qu'il faudrait que nous commencions à jouer, parce qu'il y avait des gens qui attendaient pour faire du golf miniature.

— C'est Mamert qui va commencer, parce que c'est le plus sage, a dit papa.

Et Mamert est venu, il a donné un coup de bâton terrible dans la balle qui a sauté en l'air, qui est passée par-dessus la grille et qui est allée taper contre une auto qui était arrêtée sur la route. Mamert s'est mis à pleurer et papa est allé chercher la balle.

Papa, il tardait un peu à revenir, parce que dans l'auto arrêtée il y avait un monsieur, et le monsieur est sorti de l'auto et il s'est mis à parler avec papa en faisant des tas de gestes et il y a des gens qui sont venus pour les regarder et qui rigolaient.

Nous, on voulait continuer à jouer, mais Mamert était assis sur le trou, il pleurait et il disait qu'il ne se lèverait pas tant qu'on ne lui aurait pas rendu sa balle et qu'on était tous des méchants. Et puis, papa est revenu avec la balle et il n'avait pas l'air content.

— Essayez de faire un peu attention, il a dit papa.

— D'accord, a dit Mamert, passez-moi la balle. Mais papa n'a pas voulu, il a dit à

Mamert que ça allait comme ça, qu'il jouerait un autre jour. Ça, ça ne lui a pas plu à Mamert qui a commencé à donner des coups de pied partout et qui s'est mis à crier que tout le monde profitait de lui et puisque c'était comme ça, il allait chercher son papa. Et il est parti.

— Bon, à moi, a dit Irénée.

— Non monsieur, a dit Fructueux, c'est moi qui vais jouer. Alors Irénée a donné un coup de bâton sur la tête de Fructueux et Fructueux a donné une claque à Irénée et le patron du golf miniature est venu en courant.

— Dites, a crié le patron du golf miniature à mon papa, enlevez d'ici votre marmaille, il y a des gens qui attendent pour jouer !

— Soyez poli, a dit papa. Ces enfants ont payé pour jouer, ils joueront !

— Bravo ! a dit Fabrice à papa, dites-y ! Et tous les copains étaient drôlement pour papa, sauf Fructueux et Irénée qui étaient occupés à se donner des coups de bâton et des claques.

— Ah, c'est comme ça, a dit le patron du golf miniature, et si j'appelais un agent ?

— Appelez-le, a dit papa, on verra à qui il donnera raison. Alors, le patron du golf miniature a appelé l'agent qui était sur la route.

— Lucien ! il a appelé le patron du golf miniature. Et l'agent est venu.

— Qu'est-ce qu'il y a Ernest ? il a demandé au patron du golf miniature.

— Il y a, a répondu le patron du golf miniature, que cet individu empêche les autres gens de jouer.

— Oui, a dit un monsieur, voilà une demi-heure que nous attendons pour faire le premier trou !

— A votre âge, a demandé papa, vous n'avez pas de choses plus intéressantes à faire ?

— De quoi ? a dit le patron du golf miniature, si le golf miniature ne vous plaît pas, ne dégoûtez pas les autres du golf miniature !

— Au fait, a dit l'agent, il y a un monsieur qui vient de porter plainte parce qu'une balle de golf miniature a rayé la carrosserie de sa voiture.

— Alors, on peut le faire ce premier trou, oui ou non ? a demandé le monsieur qui attendait.

Et puis, est arrivé Mamert avec son papa.

— C'est lui ! a dit Mamert à son papa en montrant mon papa.

— Eh bien, a dit le papa de Mamert, il paraît que vous empêchez mon fils de jouer avec ses petits camarades ? Et puis papa s'est mis à crier, et le patron du golf miniature s'est mis à crier, et tout le monde s'est mis à crier et l'agent donnait des coups de sifflet, et puis à la fin papa nous a fait tous sortir du golf miniature et Côme n'était pas content parce qu'il disait que pendant que personne ne le regardait il avait fait le trou en un seul coup, mais moi je suis sûr que c'est des blagues.

Comme on a bien rigolé, au golf miniature, on a décidé de revenir demain pour essayer le deuxième trou.

Ce que je ne sais pas, c'est si papa sera d'accord pour nous accompagner au golf miniature.

Non, le père de Nicolas n'a plus jamais voulu retourner au golf miniature ; il est même pris d'une grande aversion pour le golf miniature, presque autant que pour le ragoût de l'hôtel Beau-Rivage. La mère de Nicolas a dit qu'il ne fallait pas faire de scandale au sujet du ragoût, et le père de Nicolas a répondu qu'au prix où était la pension, le scandale c'était de servir des choses pareilles à table. Et ce qui n'a rien arrangé, c'est qu'il s'est mis à pleuvoir de nouveau...

On a joué à la marchande

Ce qu'il y a avec les filles, c'est que ça ne sait pas jouer, ça pleure tout le temps et ça fait des histoires. A l'hôtel, il y en a trois.

Les trois filles qu'il y a à l'hôtel s'appellent Isabelle, Micheline et Gisèle. Gisèle, c'est la sœur de mon copain Fabrice et ils se battent tout le temps et Fabrice m'a expliqué que c'était très embêtant d'avoir une fille comme sœur et que si ça continuait, il allait quitter la maison.

Quand il fait beau et que nous sommes à la plage, les filles ne nous gênent pas. Elles jouent à des jeux bêtes, elles font des tas de pâtés, elles se racontent des histoires et puis avec des crayons, elles se mettent du rouge sur les ongles. Nous, avec les copains, on fait des choses terribles. On fait des courses, des galipettes, du foot, on nage, on se bat. Des choses chouettes, quoi.

Mais quand il ne fait pas beau, alors, c'est autre chose, parce qu'on doit tous rester à l'hôtel ensemble. Et hier, il ne faisait pas beau, il pleuvait tout le temps. Après le déjeuner, on a eu des raviolis et c'était drôlement meilleur que

le ragoût, nos papas et nos mamans sont partis faire la sieste. Avec Blaise, Fructueux, Mamert, Irénée, Fabrice et Côme, tous des copains de l'hôtel, on était dans le salon et on jouait aux cartes, sans faire de bruit. On ne faisait pas les guignols, parce que quand il pleut, les papas et les mamans, ça ne rigole pas. Et pendant ces vacances, c'est souvent que les papas et les mamans n'ont pas rigolé.

Et puis, les trois filles sont entrées dans le salon.

— On veut jouer avec vous, a dit Gisèle.

— Laisse-nous tranquilles, ou je te flanque une claque, Zésèle ! a dit Fabrice. Ça, ça ne lui a pas plu à Gisèle.

— Si on ne peut pas jouer avec vous, tu sais ce que je vais faire, Fafa ? a dit Gisèle. Eh bien, j'irai tout raconter à papa et à maman et tu seras puni, et tes copains seront punis et vous n'aurez pas de dessert.

— Bon, a dit Mamert, mais qu'il est bête celui-là ! Vous pouvez jouer avec nous.

— Toi, on t'a pas sonné, a dit Fabrice. Alors, Mamert s'est mis à pleurer, il a dit qu'il n'avait pas envie d'être puni, que c'était pas juste et que s'il était privé de dessert, il se tuerait. Nous, on était embêtés, parce qu'avec tout le bruit que faisait Mamert, il allait finir par réveiller nos papas et nos mamans.

— Alors, qu'est-ce qu'on fait ? j'ai demandé à Irénée.

— Bof, m'a répondu Irénée, et on a décidé de laisser jouer les filles avec nous.

— A quoi on joue ? a demandé Micheline, une grosse qui me fait penser à Alceste, un copain de l'école qui mange tout le temps.

— On joue à la marchande, a dit Isabelle.

— T'es pas un peu folle ? a demandé Fabrice.

— C'est bon, Fafa, a dit Gisèle, je vais réveiller papa. Et tu sais comment est papa quand on le réveille ! Alors Mamert s'est mis à pleurer et il a dit qu'il voulait jouer à la marchande. Blaise a dit que plutôt que de jouer à la marchande, il préférait aller réveiller lui-même le papa de Fabrice. Mais Fructueux a dit qu'il croyait que ce soir il y avait de la glace au chocolat comme dessert, alors, on a dit, bon d'accord.

Gisèle s'est mise derrière une table du salon, et sur la table elle a mis les cartes et puis des cendriers et elle a dit qu'elle serait la marchande et que la table ce serait le comptoir, et que ce qu'il y avait sur la table ce serait les choses qu'elle vendait et que nous, on devait venir et lui acheter les choses.

— C'est ça, a dit Micheline, et moi, je serais

une dame très belle et très riche et j'aurais une auto et des tas de fourrures.

— C'est ça, a dit Isabelle, et moi, je serais une autre dame, encore plus riche et encore plus belle, et j'aurais une auto avec des fauteuils rouges comme celle de tonton Jean-Jacques, et des chaussures avec des talons hauts.

— C'est ça, a dit Gisèle, et Côme, ce serait le mari de Micheline.

— Je veux pas, a dit Côme.

— Et pourquoi tu veux pas ? a demandé Micheline.

— Parce qu'il te trouve trop grosse, voilà pourquoi, a dit Isabelle. Il préfère être mon mari à moi.

— C'est pas vrai ! a dit Micheline et elle a donné une claque à Côme et Mamert s'est mis à pleurer. Pour faire taire Mamert, Côme a dit qu'il serait le mari de n'importe qui.

— Bon, a dit Gisèle, alors, on va commencer à jouer. Toi, Nicolas, tu serais le premier client, mais comme tu serais très pauvre, tu n'aurais pas de quoi acheter à manger. Alors

moi, je serais très généreuse, et je te donnerais des choses pour rien.

— Moi, je joue pas, a dit Micheline, après ce que m'a dit Isabelle, je ne parlerai plus jamais à personne.

— Ah ! la la ! mademoiselle fait des maniè-res, a dit Isabelle, tu crois que je ne sais pas ce que tu as dit de moi à Gisèle quand je n'étais pas là ?

— Oh ! La menteuse ! a crié Micheline, après tout ce que tu m'as dit de Gisèle !

— Qu'est-ce que tu as dit de moi à Micheline, Isabelle ? a demandé Gisèle.

— Rien, j'ai rien dit de toi à Micheline, voilà ce que j'ai dit, a dit Isabelle.

— Tu as du toupet, a crié Micheline, tu me l'as dit devant la vitrine du magasin, là où il y avait le maillot noir avec des petites fleurs roses, celui qui m'irait si bien, tu sais ?

— C'est pas vrai, a crié Isabelle, mais Gisèle m'a raconté ce que tu lui avais dit de moi sur la plage.

— Dites, les filles, a demandé Fabrice, on joue, oui ou non ? Alors, Micheline a dit à Fabrice de se mêler de ce qui le regardait et elle l'a griffé.

— Laisse mon frère tranquille ! a dit Gisèle et elle a tiré les nattes de Micheline et Micheline s'est mise à crier et elle a donné une claque à Gisèle et ça, ça a fait rigoler Fabrice, mais Mamert s'est mis à pleurer et les filles faisaient un drôle de bruit et des tas de papas et de mamans sont descendus dans le salon et ils ont demandé ce qui se passait.

— Ce sont les garçons qui ne nous laissent pas jouer tranquilles à la marchande, a dit Isabelle. Alors, on a été tous privés de dessert.

Et Fructueux avait raison, ce soir-là, c'était la glace au chocolat !

Et puis, le soleil est revenu, radieux, le jour de la fin des vacances. Il a fallu dire au revoir à tous les amis, faire les bagages et reprendre le train. Le patron de l'hôtel Beau-Rivage a proposé au père de Nicolas de lui donner un peu de ragoût pour le voyage, mais le père de Nicolas a refusé. Il a eu tort, car cette fois-ci, c'étaient les œufs durs qui étaient dans la malle marron, qui était, elle-même, dans le fourgon.

On est rentrés

Moi, je suis bien content d'être rentré à la maison, mais mes copains de vacances ne sont pas ici et mes copains d'ici sont encore en vacances et moi je suis tout seul et ce n'est pas juste et je me suis mis à pleurer.

— Ah, non ! a dit papa. Demain je recommence à travailler, je veux me reposer un peu aujourd'hui, tu ne vas pas me casser les oreilles !

— Mais enfin, a dit maman à papa, sois un peu patient avec le petit. Tu sais comment sont les enfants quand ils reviennent de vacances. Et puis maman m'a embrassé, elle s'est essuyé la figure, elle m'a mouché et elle m'a dit de m'amuser gentiment. Alors moi j'ai dit à maman que je voulais bien, mais que je ne savais pas quoi faire.

— Pourquoi ne ferais-tu pas germer un haricot ? m'a demandé maman. Et elle m'a expliqué que c'était très chouette, qu'on prenait un haricot, qu'on le mettait sur un morceau d'ouate mouillé et puis qu'après on voyait apparaître une tige, et puis des feuilles, et puis qu'on avait une belle plante d'haricot et que c'était drôlement amusant et que papa me montrerait. Et puis maman est montée arranger ma chambre.

Papa, qui était couché sur le canapé du salon, a poussé un gros soupir et puis il m'a dit d'aller chercher l'ouate. Je suis allé dans la salle de bains, j'ai pas trop renversé de choses et la poudre par terre c'est facile à nettoyer avec un peu d'eau ; je suis revenu dans le salon et j'ai dit à papa :

— Voilà l'ouate, papa.

— On dit : la ouate, Nicolas, m'a expliqué papa qui sait des tas de choses parce qu'à mon âge il était le premier de sa classe et c'était un drôle d'exemple pour ses copains.

— Bon, m'a dit papa, maintenant, va à la cuisine chercher un haricot.

A la cuisine, je n'ai pas trouvé d'haricot. Ni de gâteaux non plus, parce qu'avant de partir maman avait tout vidé, sauf le morceau de camembert qu'elle avait oublié dans le placard et c'est pour ça qu'en rentrant de vacances il a fallu ouvrir la fenêtre de la cuisine.

Dans le salon, quand j'ai dit à papa que je n'avais pas trouvé d'haricot, il m'a dit :

— Eh bien tant pis, et il s'est remis à lire son journal, mais moi j'ai pleuré et j'ai crié :

— Je veux faire germer un haricot ! Je veux faire germer un haricot ! Je veux faire germer un haricot !

— Nicolas, m'a dit papa, tu vas recevoir une fessée.

66

Alors ça, c'est formidable ! On veut que je fasse germer un haricot et parce qu'il n'y a pas d'haricots, on veut me punir ! Là, je me suis mis à pleurer pour de vrai, et maman est arrivée et quand je lui ai expliqué, elle m'a dit :

— Va à l'épicerie du coin et demande qu'on te donne un haricot.

— C'est ça, a dit papa, et prends tout ton temps.

Je suis allé chez M. Compani, qui est l'épicier du coin et qui est drôlement chouette parce que quand j'y vais, il me donne quelquefois des biscuits. Mais là, il ne m'a rien donné, parce que l'épicerie était fermée et il y avait un papier où c'était écrit que c'était à cause des vacances.

Je suis revenu en courant à la maison, où j'ai trouvé papa toujours sur le canapé, mais il ne lisait plus, il avait mis le journal sur sa figure.

— C'est fermé chez M. Compani, j'ai crié, alors, j'ai pas d'haricot !

Papa, il s'est assis d'un coup.

— Hein ? Quoi ? Qu'est-ce qu'il y a ? il a demandé ; alors, il a fallu que je lui explique de nouveau. Papa s'est passé la main sur la figure, il a fait de gros soupir, et il a dit qu'il n'y pouvait rien.

— Et qu'est-ce que je vais faire germer alors, sur mon morceau de la ouate ? j'ai demandé.

— On dit un morceau d'ouate, pas de la ouate, m'a dit papa.

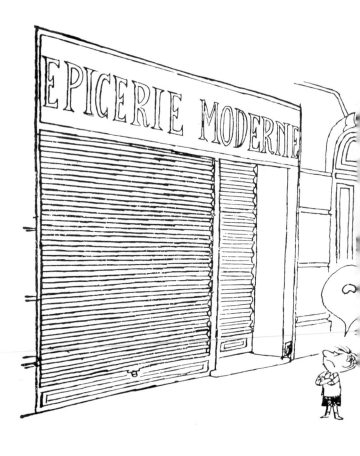

— Mais tu m'avais dit qu'on disait de la ouate, j'ai répondu.

— Nicolas, a crié papa, c'est assez comme ça ! Va jouer dans ta chambre !

Moi je suis monté dans ma chambre en pleurant, et j'y ai trouvé maman en train de ranger.

— Non, Nicolas, n'entre pas ici, m'a dit maman. Descends jouer dans le salon. Pourquoi ne fais-tu pas germer un haricot, comme je te l'ai dit ?

Dans le salon, avant que papa se mette à crier, je lui ai expliqué que c'était maman qui m'avait dit de descendre et que si elle m'entendait pleurer, elle allait se fâcher.

— Bon, m'a dit papa, mais sois sage.

— Et où est-ce que je vais trouver l'haricot pour faire germer ? j'ai demandé.

— On ne dit pas l'haricot, on dit... a commencé à dire papa, et puis, il m'a regardé, il s'est gratté la tête et il m'a dit :

— Va chercher des lentilles dans la cuisine. Ça remplacera l'haricot.

Ça, des lentilles, il y en avait dans la cuisine, et moi j'étais drôlement content. Et puis papa m'a montré comment il fallait mouiller la ouate et comment il fallait mettre les lentilles dessus.

— Maintenant, m'a dit papa, tu mets le tout sur une soucoupe, sur le rebord de la fenêtre, et puis plus tard, il y aura des tiges et des feuilles. Et puis il s'est recouché sur le canapé.

Moi, j'ai fait comme m'avait dit papa, et puis j'ai attendu. Mais je n'ai pas vu les tiges sortir des lentilles et je me suis demandé ce qui ne marchait pas. Comme je ne savais pas, je suis allé voir papa.

— Quoi encore ? a crié papa.

— Il n'y a pas de tiges qui sortent des lentilles, j'ai dit.

— Tu la veux cette fessée ? a crié papa, et moi j'ai dit que j'allais quitter la maison, que j'étais très malheureux, qu'on ne me reverrait jamais, qu'on me regretterait bien, que le coup des lentilles c'était de la blague et maman est arrivée en courant dans le salon.

— Tu ne peux pas être un peu plus patient avec le petit ? a demandé maman à papa, moi, je dois ranger la maison, je n'ai pas le temps de m'occuper de lui, il me semble...

— Il me semble à moi, a répondu papa, qu'un homme devrait pouvoir avoir la paix chez soi !

— Ma pauvre mère avait bien raison, a dit maman.

— Ne mêle pas ta mère qui n'a rien de pauvre, dans cette histoire ! a crié papa.

— C'est ça, a dit maman, insulte ma mère maintenant !

— Moi j'ai insulté ta mère ? a crié papa. Et maman s'est mise à pleurer, et papa s'est mis à marcher dans le salon en criant, et moi j'ai dit que si on ne faisait pas germer mes lentilles tout de suite, je me tuerais. Alors, maman m'a donné une fessée.

Les parents, quand ils reviennent de vacances, sont insupportables !

Une nouvelle année scolaire, tout aussi studieuse que la précédente, s'est écoulée. C'est avec un peu de mélancolie que Nicolas, Alceste, Rufus, Eudes, Geoffroy, Maixent, Joachim, Clotaire et Agnan se sont éparpillés, après la distribution des prix. Mais l'appel des vacances est là, et la joie revient vite dans les jeunes cœurs des écoliers.

Cependant, Nicolas est inquiet ; on ne parle pas de vacances chez lui.

Il faut être raisonnable

Ce qui m'étonne, moi, c'est qu'à la maison on n'a pas encore parlé de vacances ! Les autres années, Papa dit qu'il veut aller quelque part, Maman dit qu'elle veut aller ailleurs, ça fait des tas d'histoires. Papa et Maman disent que puisque c'est comme ça ils préfèrent rester à la maison, moi je pleure, et puis on va où voulait aller Maman. Mais cette année, rien.

Pourtant, les copains de l'école se préparent tous à partir. Geoffroy, qui a un papa très riche, va passer ses vacances dans la grande maison que son papa a au bord de la mer. Geoffroy nous a dit qu'il a un morceau de plage pour lui tout seul, où personne d'autre n'a le droit de venir faire des pâtés. Ça, c'est peut-être des blagues, parce qu'il faut dire que Geoffroy est très menteur.

Agnan, qui est le premier de la classe et le

chouchou de la maîtresse, s'en va en Angleterre passer ses vacances dans une école où on va lui apprendre à parler l'anglais. Il est fou, Agnan.

Alceste va manger des truffes en Périgord, où son papa a un ami qui a une charcuterie. Et c'est comme ça pour tous : ils vont à la mer, à la montagne ou chez leurs mémés à la campagne. Il n'y a que moi qui ne sais pas encore où je vais aller, et c'est très embêtant, parce qu'une des choses que j'aime le mieux dans les vacances, c'est d'en parler avant et après aux copains.

C'est pour ça qu'à la maison, aujourd'hui, j'ai demandé à Maman où on allait partir en vacances. Maman, elle a fait une drôle de figure, elle m'a embrassé sur la tête et elle m'a dit que nous allions en parler « quand Papa sera de retour, mon chéri », et que j'aille jouer dans le jardin, maintenant.

Alors, je suis allé dans le jardin et j'ai attendu Papa, et quand il est arrivé de son bureau, j'ai couru vers lui ; il m'a pris dans ses bras, il m'a fait « Ouplà ! » et je lui ai demandé où nous allions partir en vacances. Alors, Papa a cessé de rigoler, il m'a posé par terre et il m'a dit qu'on allait en parler dans la maison, où nous avons trouvé Maman assise dans le salon.

— Je crois que le moment est venu, a dit Papa.

— Oui, a dit Maman, il m'en a parlé tout à l'heure.

— Alors, il faut le lui dire, a dit Papa.

— Eh bien, dis-lui, a dit Maman.

— Pourquoi moi ? a demandé Papa ; tu n'as qu'à lui dire, toi.

— Moi ? c'est à toi à lui dire, a dit Maman ; l'idée est de toi.

— Pardon, pardon, a dit Papa, tu étais d'accord avec moi, tu as même dit que ça lui ferait le plus grand bien, et à nous aussi. Tu as autant de raisons que moi de le lui dire.

— Ben alors, j'ai dit, on parle des vacances ou on ne parle pas des vacances ? Tous les copains partent et moi je vais avoir l'air d'un guignol si je ne peux pas leur dire où nous allons et ce que nous allons y faire.

Alors, Papa s'est assis dans le fauteuil, il

75

m'a pris par les mains et il m'a tiré contre ses genoux.

— Mon Nicolas est un grand garçon raisonnable, n'est-ce pas ? a demandé Papa.

— Oh ! oui, a répondu Maman, c'est un homme maintenant !

Moi, j'aime pas trop quand on me dit que je suis un grand garçon, parce que d'habitude, quand on me dit ça, c'est qu'on va me faire faire des choses qui ne me plaisent pas.

— Et je suis sûr, a dit Papa, que mon grand garçon aimerait bien aller à la mer !

— Oh ! oui, j'ai dit.

— Aller à la mer, nager, pêcher, jouer sur la plage, se promener dans les bois, a dit Papa.

— Il y a des bois, là où on va ? j'ai demandé. Alors c'est pas là où on a été l'année dernière ?

— Ecoute, a dit Maman à Papa. Je ne peux pas. Je me demande si c'est une si bonne idée que ça. Je préfère y renoncer. Peut-être, l'année prochaine...

— Non ! a dit Papa. Ce qui est décidé est décidé. Un peu de courage, que diable ! Et Nicolas va être très raisonnable ; n'est-ce pas, Nicolas ?

Moi j'ai dit que oui, que j'allais être drôlement raisonnable. J'étais bien content, avec le coup de la mer et de la plage, j'aime beaucoup ça. La promenade dans les bois, c'est moins rigolo, sauf pour jouer à cache-cache ; alors là, c'est terrible.

— Et on va aller à l'hôtel ? j'ai demandé.

— Pas exactement, a dit Papa. Je... je crois que tu coucheras sous la tente. C'est très bien, tu sais...

Alors là, j'étais content comme tout.

— Sous la tente, comme les Indiens dans le livre que m'a donné tante Dorothée ? j'ai demandé.

— C'est ça, a dit Papa.

— Chic ! j'ai crié. Tu me laisseras t'aider à monter la tente ? Et à faire du feu pour cuire le manger ? Et tu m'apprendras à faire de la pêche sous-marine pour apporter des gros poissons à Maman ? Oh ! ça va être chic, chic, chic !

Papa s'est essuyé la figure avec son mouchoir, comme s'il avait très chaud, et puis il m'a dit :

— Nicolas, nous devons parler d'homme à homme. Il faut que tu sois très raisonnable.

— Et si tu es bien sage et tu te conduis comme un grand garçon, a dit Maman, ce soir, pour le dessert, il y aura de la tarte.

— Et je ferai réparer ton vélo, comme tu me le demandes, depuis si longtemps, a dit Papa. Alors, voilà... Il faut que je t'explique quelque chose...

— Je vais à la cuisine, a dit Maman.

— Non ! reste ! a dit Papa. Nous avions décidé de le lui dire ensemble...

Alors Papa a toussé un peu dans sa gorge, il

m'a mis ses mains sur mes épaules et puis il m'a dit :

— Nicolas, mon petit, nous ne partirons pas avec toi en vacances. Tu iras seul, comme un grand.

— Comment, seul ? j'ai demandé. Vous ne partez pas, vous ?

— Nicolas, a dit Papa, je t'en prie, sois raisonnable. Maman et moi, nous irons faire un petit voyage, et comme nous avons pensé que ça ne t'amuserait pas, nous avons décidé que toi tu irais en colonie de vacances. Ça te fera le plus grand bien, tu seras avec des petits camarades de ton âge et tu t'amuseras beaucoup...

— Bien sûr, c'est la première fois que tu seras séparé de nous, Nicolas, mais c'est pour ton bien, a dit Maman.

— Alors, Nicolas, mon grand... qu'est-ce que tu en dis ? m'a demandé Papa.

— Chouette ! j'ai crié, et je me suis mis à danser dans le salon. Parce que c'est vrai, il paraît que c'est terrible, les colonies de vacances : on se fait des tas de copains, on fait des

promenades, des jeux, on chante autour d'un gros feu, et j'étais tellement content que j'ai embrassé Papa et Maman.

Pour le dessert, la tarte a été très bonne, et j'en ai eu plusieurs fois parce que ni Papa ni Maman n'en ont mangé. Ce qui est drôle, c'est que Papa et Maman me regardaient avec des gros yeux ronds. Ils avaient même l'air un peu fâché.

Pourtant, je ne sais pas, moi, mais je crois que j'ai été raisonnable, non ?

Les préparatifs sont allés bon train, entrecoupés, toutefois, par dix-sept coups de téléphone de la mémé de Nicolas. Un seul incident curieux : la mère de Nicolas a tout le temps des choses qui lui tombent dans les yeux, et elle a beau se moucher, rien n'y fait...

79

Le départ

Aujourd'hui, je pars en colonie de vacances et je suis bien content. La seule chose qui m'ennuie, c'est que Papa et Maman ont l'air un peu tristes ; c'est sûrement parce qu'ils ne sont pas habitués à rester seuls pendant les vacances.

Maman m'a aidé à faire la valise, avec les chemisettes, les shorts, les espadrilles, les petites autos, le maillot de bain, les serviettes, la locomotive du train électrique, les œufs durs, les bananes, les sandwiches au saucisson et au fromage, le filet pour les crevettes, le pull à manches longues, les chaussettes et les billes. Bien sûr, on a dû faire quelques paquets parce que la valise n'était pas assez grande, mais ça ira.

Moi, j'avais peur de rater le train, et après le déjeuner, j'ai demandé à Papa s'il ne valait pas mieux partir tout de suite pour la gare. Mais Papa m'a dit que c'était encore un peu tôt, que le train partait à 6 heures du soir et que j'avais l'air bien impatient de les quitter. Et Maman est partie dans la cuisine avec son mouchoir,

en disant qu'elle avait quelque chose dans l'œil.

Je ne sais pas ce qu'ils ont, Papa et Maman, ils ont l'air bien embêtés. Tellement embêtés que je n'ose pas leur dire que ça me fait une grosse boule dans la gorge quand je pense que je ne vais pas les voir pendant presque un mois. Si je le leur disais, je suis sûr qu'ils se moqueraient de moi et qu'ils me gronderaient.

Moi, je ne savais pas quoi faire en attendant l'heure de partir, et Maman n'a pas été contente quand j'ai vidé la valise pour prendre les billes qui étaient au fond.

— Le petit ne tient plus en place, a dit Maman à Papa. Au fond, nous ferions peut-être mieux de partir tout de suite.

— Mais, a dit Papa, il manque encore une heure et demie jusqu'au départ du train.

— Bah ! a dit Maman, en arrivant en avance, nous trouverons le quai vide et nous éviterons les bousculades et la confusion.

— Si tu veux, a dit Papa.

Nous sommes montés dans la voiture et nous sommes partis. Deux fois, parce que la première, nous avons oublié la valise à la maison.

A la gare, tout le monde était arrivé en avance. Il y avait plein de gens partout, qui criaient et faisaient du bruit. On a eu du mal à trouver une place pour mettre la voiture, très loin de la gare, et on a attendu Papa, qui a dû revenir à

84

la voiture pour chercher la valise qu'il croyait que c'était Maman qui l'avait prise. Dans la gare, Papa nous a dit de rester bien ensemble pour ne pas nous perdre. Et puis il a vu un monsieur en uniforme, qui était rigolo parce qu'il avait la figure toute rouge et la casquette de travers.

— Pardon, monsieur, a demandé Papa, le quai numéro 11, s'il vous plaît ?

— Vous le trouverez entre le quai numéro 10 et le quai numéro 12, a répondu le monsieur. Du moins, il était là-bas la dernière fois que j'y suis passé.

— Dites donc, vous... a dit Papa ; mais Maman a dit qu'il ne fallait pas s'énerver ni se disputer, qu'on trouverait bien le quai tout seuls.

Nous sommes arrivés devant le quai, qui était plein, plein, plein de monde, et Papa a acheté, pour lui et Maman, trois tickets de quai. Deux pour la première fois et un pour quand il est retourné chercher la valise qui était restée devant la machine qui donne les tickets.

— Bon, a dit Papa, restons calmes. Nous devons aller devant la voiture Y.

Comme le wagon qui était le plus près de l'entrée du quai, c'était la voiture A, on a dû marcher longtemps, et ça n'a pas été facile, à cause des gens, des chouettes petites voitures pleines de valises et de paniers et du parapluie du gros monsieur qui s'est accroché au filet à crevettes, et le monsieur et Papa se sont disputés, mais Maman a tiré Papa par le bras, ce qui a fait tomber le parapluie du monsieur qui était toujours accroché au filet à crevettes. Mais ça s'est très bien arrangé, parce qu'avec le bruit de la gare, on n'a pas entendu ce que criait le monsieur.

Devant le wagon Y, il y avait des tas de types de mon âge, des papas, des mamans et un monsieur qui tenait une pancarte où c'était écrit « Camp Bleu » : c'est le nom de la colonie de vacances où je vais. Tout le monde criait. Le monsieur à la pancarte avait des papiers dans la main, Papa lui a dit mon nom, le monsieur a cherché dans ses papiers et il a crié : « Lestouffe ! Encore un pour votre équipe ! »

Et on a vu arriver un grand, il devait avoir au moins dix-sept ans, comme le frère de mon copain Eudes, celui qui lui apprend à boxer.

— Bonjour, Nicolas, a dit le grand. Je m'appelle Gérard Lestouffe et je suis ton chef

d'équipe. Notre équipe, c'est l'équipe Œil-de-Lynx.

Et il m'a donné la main. Très chouette.

— Nous vous le confions, a dit Papa en rigolant.

— Ne craignez rien, a dit mon chef ; quand il reviendra, vous ne le reconnaîtrez plus.

Et puis Maman a encore eu quelque chose dans l'œil et elle a dû sortir son mouchoir. Une dame, qui tenait par la main un petit garçon qui ressemblait à Agnan, surtout à cause des lunettes, s'est approchée de mon chef et elle lui a dit :

— Vous n'êtes pas un peu jeune pour prendre la responsabilité de surveiller des enfants ?

— Mais non, madame, a répondu mon chef. Je suis moniteur diplômé ; vous n'avez rien à craindre.

— Ouais, a dit la dame, enfin... Et comment faites-vous la cuisine ?

— Pardon ? a demandé mon chef.

— Oui, a dit la dame, vous cuisinez au beurre, à l'huile, à la graisse ? Parce que je vous préviens tout de suite, le petit ne supporte pas la graisse. C'est bien simple : si vous voulez qu'il soit malade, donnez-lui de la graisse !

— Mais madame... a dit mon chef.

— Et puis, a dit la dame, faites-lui prendre son médicament avant chaque repas, mais surtout pas de graisse ; ce n'est pas la peine de leur donner des médicaments si c'est pour les rendre malades. Et faites bien attention qu'il ne tombe pas pendant les escalades.

— Les escalades ? a demandé mon chef, quelles escalades ?

— Eh bien, celles que vous ferez en montagne ! a répondu la dame.

— En montagne ? a dit mon chef. Mais il n'y a pas de montagnes où nous allons, à Plage-les-Trous.

— Comment ! Plage-les-Trous ? a crié la dame. On m'a dit que les enfants allaient à Sapins-les-Sommets. Quelle organisation ! Bravo ! Je disais bien que vous étiez trop jeune pour...

— Le train pour Sapins-les-Sommets, c'est à la voie 4, madame, a dit un monsieur en uniforme, qui passait. Et vous feriez bien de vous dépêcher, il part dans trois minutes.

— Oh ! mon Dieu ! a dit la dame, je n'aurai même pas le temps de leur faire des recommandations !

Et elle est partie en courant avec le type qui ressemblait à Agnan.

Et puis on a entendu un gros coup de sifflet et tout le monde est monté dans les wagons en criant, et le monsieur en uniforme est allé voir le monsieur à la pancarte et il lui a demandé d'empêcher le petit imbécile qui jouait avec un sifflet de mettre la pagaille partout. Alors, il y en a qui sont descendus des wagons, et ce n'était pas facile à cause de ceux qui

montaient. Des papas et des mamans criaient des choses, en demandant qu'on n'oublie pas d'écrire, de bien se couvrir et de ne pas faire de bêtises. Il y avait des types qui pleuraient et d'autres qui se sont fait gronder parce qu'ils jouaient au football sur le quai, c'était terrible. On n'a même pas entendu le monsieur en uniforme qui sifflait, il en avait la figure toute foncée, comme s'il revenait de vacances. Tout le monde a embrassé tout le monde et le train est parti pour nous emmener à la mer.

Moi, je regardais par la fenêtre, et je voyais mon papa et ma maman, tous les papas et toutes les mamans, qui nous faisaient « au revoir » avec leurs mouchoirs. J'avais de la peine. C'était pas juste, c'était nous qui partions, et eux ils avaient l'air tellement plus fatigués que nous. J'avais un peu envie de pleurer, mais je ne l'ai pas fait, parce qu'après tout, les vacances, c'est fait pour rigoler et tout va très bien se passer.

Et puis, pour la valise, Papa et Maman se débrouilleront sûrement pour me la faire porter par un autre train.

Tout seul, comme un grand, Nicolas est parti à la colo. Et s'il a eu un moment de faiblesse en voyant ses parents devenir tout petits, là-bas, au bout du quai de la gare, Nicolas retrouvera le bon moral qui le caractérise, grâce au cri de ralliement de son équipe...

Courage!

Le voyage en train s'est très bien passé ; ça prend toute une nuit pour arriver où nous allons. Dans le compartiment où nous étions, notre chef d'équipe, qui s'appelle Gérard Lestouffe et qui est très chouette, nous a dit de dormir et d'être sages pour arriver bien reposés au camp, demain matin. Il a bien raison. Je dis notre chef d'équipe, parce qu'on nous a expliqué que nous serions des équipes de douze, avec un chef. Notre équipe s'appelle l'équipe « Œil-de-Lynx », et notre chef nous a dit que notre cri de ralliement c'est : « Courage ! »

Bien sûr, on n'a pas pu beaucoup dormir. Il y en avait un qui pleurait tout le temps et qui disait qu'il voulait rentrer chez son papa et sa maman. Alors, un autre a rigolé et lui a dit qu'il n'était qu'une fille. Alors, celui qui pleurait lui a donné une baffe et ils se sont mis à pleurer à deux, surtout quand le chef leur a dit qu'il allait les faire voyager debout dans le couloir s'ils continuaient. Et puis, aussi, le premier qui a commencé à sortir des provisions de sa valise a donné faim à tout le

II° Classe
NON FUMEURS

monde, et on s'est tous mis à manger. Et de mâcher ça empêche de dormir, surtout les biscottes, à cause du bruit et des miettes. Et puis les types ont commencé à aller au bout du wagon, et il y en a eu un qui n'est pas revenu et le chef est allé le chercher, et s'il ne revenait pas, c'était parce que la porte s'était coincée, et il a fallu appeler le monsieur qui contrôle les billets pour ouvrir la porte, et tout le monde s'énervait, parce que le type qui était dedans pleurait et criait qu'il avait peur, et qu'est-ce qu'il allait faire si on arrivait dans une gare, parce que c'était écrit qu'il était interdit d'être

92

là-dedans quand le train était dans une gare.

Et puis, quand le type est sorti, en nous disant qu'il avait bien rigolé, le chef nous a dit de revenir tous dans le compartiment, et ça a été toute une histoire pour retrouver le bon compartiment, parce que comme tous les types étaient sortis de leurs compartiments, plus personne ne savait quel était son comparti- ment, et tout le monde courait et ouvrait des portes. Et un monsieur a sorti sa tête toute rouge d'un compartiment et il a dit que si on n'arrêtait pas ce vacarme, il allait se plaindre à la S.N.C.F., où il avait un ami qui travaillait dans une situation drôlement haute.

On s'est relayés pour dormir, et le matin nous sommes arrivés à Plage-les-Trous, où des cars nous attendaient pour nous conduire au camp. Notre chef, il est terrible, n'avait pas l'air trop fatigué. Pourtant, il a passé la nuit à courir dans le couloir, à faire ouvrir trois fois la porte du bout du wagon ; deux fois pour faire sortir des types qui y étaient coincés et une fois pour le monsieur qui avait un ami à la S.N.C.F., et qui a donné sa carte de visite à notre chef, pour le remercier.

Dans le car, on criait tous, et le chef nous a dit qu'au lieu de crier, on ferait mieux de chanter. Et il nous a fait chanter des chouettes chansons, une où ça parle d'un chalet, là-haut sur la montagne, et l'autre où on dit qu'il y a des cailloux sur toutes les routes. Et puis après, le chef nous a dit qu'au fond il préférait

qu'on se remette à crier, et puis nous sommes
arrivés au camp.

Là, j'ai été un peu déçu. Le camp est joli,
bien sûr : il y a des arbres, il y a des fleurs,
mais il n'y a pas de tentes. On va coucher dans
des maisons en bois, et c'est dommage, parce

que moi je croyais qu'on allait vivre dans des tentes, comme des Indiens, et ça aurait été plus rigolo. On nous a emmenés au milieu du camp, où nous attendaient deux messieurs. L'un avec pas de cheveux et l'autre avec des lunettes, mais tous les deux avec des shorts. Le monsieur avec pas de cheveux nous a dit :

— Mes enfants, je suis heureux de vous accueillir dans le Camp Bleu, où je suis sûr que vous passerez d'excellentes vacances, dans une ambiance de saine et franche camaraderie, et où nous vous préparerons pour votre avenir d'hommes, dans le cadre de la discipline librement consentie. Je suis M. Rateau, le chef du camp, et ici je vous présente M. Genou, notre économe, qui vous demandera parfois de l'aider dans son travail. Je compte sur vous pour obéir à ces grands frères que sont vos chefs d'équipe, et qui vous conduiront maintenant à vos baraques respectives. Et dans dix minutes, rassemblement pour aller à la plage, pour votre première baignade.

Et puis quelqu'un a crié : « Pour le Camp Bleu, hip hip ! » et des tas de types ont répondu « Hourra ». Trois fois comme ça. Très rigolo.

Notre chef nous a emmenés, les douze de l'équipe Œil-de-Lynx, notre équipe, jusqu'à notre baraque. Il nous a dit de choisir nos lits, de nous installer et de mettre nos slips de bain, qu'il viendrait nous chercher dans huit minutes.

— Bon, a dit un grand type, moi je prends le lit près de la porte.

— Et pourquoi, je vous prie ? a demandé un autre type.

— Parce que je l'ai vu le premier et parce que je suis le plus fort de tous, voilà pourquoi, a répondu le grand type.

— Non, monsieur ; non, monsieur ! a chanté un autre type. Le lit près de la porte, il est à moi ! J'y suis déjà !

— Moi aussi, j'y suis déjà ! ont crié deux autres types.

— Sortez de là, ou je vais me plaindre, a crié le grand type.

Nous étions huit sur le lit et on allait commencer à se donner quelques gifles quand notre chef est entré, en slip de bain, avec des tas de muscles partout.

— Alors ? il a demandé. Qu'est-ce que ça veut dire ? Vous n'êtes pas encore en slip ? Vous faites plus de bruit que ceux de toutes les autres baraques réunis. Dépêchez-vous !

97

— C'est à cause de mon lit... a commencé à expliquer le grand type.

— Nous nous occuperons des lits plus tard, a dit le chef ; maintenant, mettez vos slips. On n'attend plus que nous pour le rassemblement !

— Moi je veux pas me déshabiller devant tout le monde ! Moi je veux rentrer chez mon papa et ma maman ! a dit un type, et il s'est mis à pleurer.

— Allons, allons, a dit le chef. Voyons, Paulin, souviens-toi du cri de ralliement de notre équipe : « Courage ! » Et puis, tu es un homme maintenant, tu n'es plus un gamin.

— Si ! Je suis un gamin ! Je suis un gamin ! Je suis un gamin ! a dit Paulin, et il s'est roulé par terre en pleurant.

— Chef, j'ai dit, je peux pas me mettre en slip, parce que mon papa et ma maman ont oublié de me donner ma valise à la gare.

Le chef s'est frotté les joues avec les deux mains et puis il a dit qu'il y aurait sûrement un camarade qui me prêterait un slip.

— Non monsieur, a dit un type. Ma maman m'a dit qu'il ne fallait pas prêter mes affaires.

— T'es un radin, et je n'en veux pas de ton slip ! j'ai dit. Et bing ! je lui ai donné une gifle.

— Et qui c'est qui va me détacher mes chaussures ? a demandé un autre type.

— Chef ! chef ! a crié un type. Toute la confiture s'est renversée dans ma valise. Qu'est-ce que je fais ?

Et puis on a vu que le chef n'était plus avec nous dans la baraque.

Quand nous sommes sortis, nous étions tous en slip ; un chouette type qui s'appelle Bertin m'en avait prêté un ; nous étions les derniers au rassemblement. C'était drôle à voir, parce que tout le monde était en slip.

Le seul qui n'était pas en slip, c'était notre chef. Il était en costume, avec un veston, une cravate et une valise. M. Rateau était en train de lui parler, et il lui disait :

— Revenez sur votre décision, mon petit ; je suis sûr que vous saurez les reprendre en main. Courage !

La vie de la colo s'organise ; la vie qui fera des hommes de Nicolas et de ses amis. Même leur chef d'équipe, Gérard Lestouffe, a changé depuis le jour de l'arrivée ; et si parfois un peu de lassitude trouble son regard clair, par contre, il a appris à se crisper, pour ne pas laisser la panique avoir de prise sur lui...

La baignade

Dans le camp où je passe mes vacances, on fait des tas de choses dans la journée :

Le matin, on se lève à 8 heures. Vite, vite, il faut s'habiller, et puis on va au rassemblement. Là, on fait de la gymnastique, une deux, une deux, et puis après, on court pour faire sa toilette et on s'amuse bien en se jetant des tas d'eau à la figure les uns des autres. Après, ceux qui sont de service se dépêchent d'aller chercher le petit déjeuner, et il est drôlement bon le petit déjeuner, avec beaucoup de tartines ! Quand on a vite fini le petit déjeuner, on court à nos baraques pour faire les lits, mais on ne les fait pas comme Maman à la maison ; on prend les draps et les couvertures, on les plie en quatre et on les met sur le matelas. Après ça, il y a les services, nettoyer les abords, aller

chercher des choses pour M. Genou, l'économe, et puis il y a le rassemblement, il faut y
courir, et on part à la plage pour la baignade.
Après, il y a rassemblement de nouveau et on
rentre au camp pour déjeuner, et il est chouette
parce qu'on a toujours faim. Après le déjeuner,
on chante des chansons : « En passant par la
Lorraine avec mes sabots » et « C'est nous les
gars de la marine ». Et puis il faut aller faire la
sieste ; c'est pas tellement amusant, mais c'est
obligé, même si on trouve des excuses.
Pendant la sieste, notre chef d'équipe nous
surveille et nous raconte des histoires. Et puis,
il y a un autre rassemblement et on retourne à
la plage, on se baigne, il y a rassemblement et
on retourne au camp pour le dîner. Après le
dîner, on chante de nouveau, quelquefois
autour d'un grand feu, et si on n'a pas de jeux
de nuit, on va se coucher et il faut vite éteindre
la lumière et dormir. Le restant du temps, on
peut faire ce qu'on veut.

Ce que j'aime le mieux, moi, c'est la baignade. On y va tous avec nos chefs d'équipe et la
plage est pour nous. Ce n'est pas tellement que
les autres n'ont pas le droit d'y venir, mais
quand ils y viennent, ils s'en vont. C'est peut-
être parce qu'on fait beaucoup de bruit et
qu'on joue à des tas de choses sur le sable.

On nous range par équipes. La mienne s'appelle l'équipe Œil-de-Lynx ; on est douze, on a
un chef d'équipe très chouette et notre cri de

ralliement, c'est : « Courage ! » Le chef d'équipe nous fait mettre autour de lui, et puis il nous dit : « Bon. Je ne veux pas d'imprudences. Vous allez rester tous groupés et ne vous éloignez pas trop du bord. Au coup de sifflet, vous retournez sur la plage. Je veux vous voir tous ! Interdiction de nager sous l'eau ! Celui qui n'obéit pas sera privé de baignade. Vu ? Allez, pas de gymnastique, tous à l'eau ! » Et notre chef d'équipe a donné un gros coup de sifflet et nous sommes tous allés avec lui dans l'eau. Elle était froide, elle faisait des vagues, ce qu'elle pouvait être chouette !

Et puis on a vu que tous ceux de l'équipe n'étaient pas dans l'eau. Sur la plage, il en était resté un qui pleurait. C'était Paulin, qui pleure toujours et qui dit qu'il veut rentrer chez son papa et sa maman.

— Allons, Paulin ! Viens ! a crié notre chef d'équipe.

— Non, a crié Paulin. J'ai peur ! Je veux rentrer chez mon papa et ma maman ! Et il s'est roulé sur le sable en criant qu'il était très malheureux.

— Bon, a dit le chef, restez groupés et ne bougez pas, je vais aller chercher votre camarade.

Et le chef est sorti de l'eau et il est allé parler à Paulin.

— Mais enfin, p'tit gars, il lui a dit, le chef, il ne faut pas avoir peur.

— Si, il faut ! a crié Paulin. Si, il faut !

— Il n'y a aucun danger, a dit le chef. Viens, donne-moi la main, nous entrerons ensemble dans l'eau et je ne te lâcherai pas.

Paulin, en pleurant, lui a donné la main et il s'est fait tirer jusqu'à l'eau. Quand il a eu les

pieds mouillés, il s'est mis à faire : « Hou !
hou ! C'est froid ! J'ai peur ! Je vais mourir !
Hou ! »

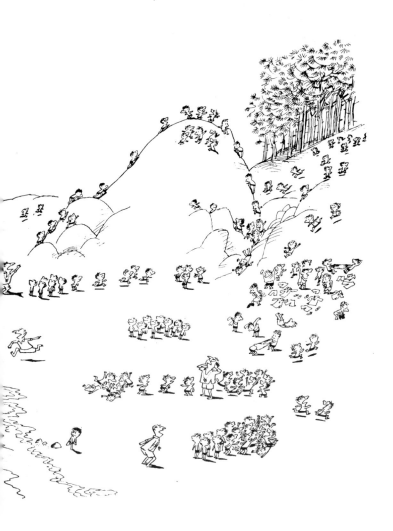

— Mais puisque je te dis qu'il n'y a aucun...
a commencé à dire le chef ; et puis il a ouvert
des grands yeux et il a crié :

— Qui c'est, celui qui nage là-bas, vers la
bouée ?

— C'est Crépin, a dit un des types de l'équipe ; il nage drôlement bien, il nous a parié qu'il
allait jusqu'à la bouée.

Le chef a lâché la main de Paulin et il s'est
mis à courir dans l'eau et à nager en criant :
« Crépin ! Ici ! Tout de suite ! » et à siffler, et
avec l'eau, le sifflet faisait un bruit de bulles.
Et Paulin s'est mis à crier : « Ne me laissez pas
seul ! Je vais me noyer ! Hou ! Hou ! Papa !
Maman ! Hou ! » Et comme il avait juste les
pieds dans l'eau, il était rigolo à voir.

Le chef est revenu avec Crépin, qui était tout
fâché parce que le chef lui a dit de sortir de
l'eau et de rester sur la plage. Et puis le chef a
commencé à nous compter, et ça n'a pas été
facile, parce que pendant qu'il n'était pas là, on
était un peu partis chacun de notre côté, et
comme le chef avait perdu son sifflet en allant
chercher Crépin, il s'est mis à crier : « Equipe
Œil-de-Lynx ! Rassemblement ! Equipe Œil-
de-Lynx ! Courage ! Courage ! »

Et puis un autre chef d'équipe est venu et lui
a dit : « Dis, Gérard, braille un peu moins fort,
mes gars n'entendent plus mes coups de
sifflet. » Et il faut dire que les chefs d'équipe
faisaient un drôle de bruit en sifflant, criant et

appelant. Et puis le chef nous a comptés, il a vu qu'on était tous là et il a envoyé Gualbert rejoindre Crépin sur la plage, parce qu'il était dans l'eau jusqu'au menton, et il criait : « Je suis tombé dans un trou ! Au secours ! Je suis tombé dans un trou ! » Mais la vérité, c'est qu'il était accroupi. Il est rigolo, Gualbert !

Et puis les chefs d'équipe ont décidé que c'était assez de baignade pour ce matin et ils se sont mis à crier et à siffler : « Rassemblement par équipes sur la plage ! » On s'est mis en rang et notre chef nous a comptés. « Onze ! il a dit. Il en manque un ! » C'était Paulin, qui était assis dans l'eau et qui ne voulait pas en sortir.

— Je veux rester dans l'eau ! il criait. Si je sors, je vais avoir froid ! Je veux rester !

Le chef, qui avait l'air de s'énerver, l'a ramené en le tirant par le bras et Paulin criait qu'il voulait rentrer chez son papa, chez sa maman, et dans l'eau. Et puis, quand le chef nous a comptés de nouveau, il a vu qu'il en manquait encore un.

— C'est Crépin... on lui a dit.

— Il n'est pas reparti dans l'eau ? a demandé notre chef, qui est devenu tout pâle.

Mais le chef de l'équipe à côté de la nôtre lui a dit : « J'en ai un de trop, il ne serait pas à toi, par hasard ? » Et c'était Crépin, qui était allé parler à un type qui avait une tablette en chocolat.

Quand le chef est revenu avec Crépin, il

nous a comptés de nouveau, et il a vu que nous étions treize.

— Lequel n'est pas de l'équipe Œil-de-Lynx ? a demandé le chef.

— Moi, m'sieur, a dit un petit type qu'on ne connaissait pas.

— Et tu es de quelle équipe, a dit le chef, celle des Aiglons ? celle des Jaguars ?

— Non, a dit le petit type, je suis de l'hôtel Bellevue et de la Plage. Mon papa, c'est celui qui dort, là-bas sur la jetée.

Et le petit type a appelé : « Papa ! papa ! » Et le monsieur qui dormait a levé la tête et puis tout doucement il est venu vers nous.

— Qu'est ce qu'il y a encore, Bobo ? a demandé le monsieur.

Alors, notre chef d'équipe a dit :

— Votre petit est venu jouer avec nos enfants. On dirait que ça le tente, les colonies de vacances.

Alors, le monsieur a dit :

— Oui, mais je ne l'y enverrai jamais. Je ne veux pas vous vexer, mais sans les parents, j'ai l'impression que les enfants ne sont pas surveillés.

S'il y a une chose que M. Rateau, le chef de la colo, aime bien, à part les enfants, c'est les promenades en forêt. C'est pour cela que M. Rateau a attendu la fin du dîner avec impatience pour exposer sa petite idée...

La pointe des Bourrasques

Hier, après le dîner, M. Rateau, qui est le chef de la colonie de vacances où mon papa et ma maman m'ont envoyé (et c'était une chouette idée), nous a tous réunis et nous a dit : « Demain, nous allons tous partir en excursion à la pointe des Bourrasques. A pied, à travers les bois, sac au dos, comme des hommes. Ce sera pour vous une splendide promenade et une expérience exaltante. »

Et M. Rateau nous a dit que nous partirions de très bonne heure le matin et que M. Genou, l'économe, nous donnerait des casse-croûte avant de partir. Alors on a tous crié : « Hip, hip, hourra » trois fois, et nous sommes allés nous coucher très énervés.

Le matin, à 6 heures, notre chef d'équipe est venu dans notre baraque pour nous réveiller, et il a eu beaucoup de mal.

— Mettez vos grosses chaussures et prenez un chandail, nous a dit notre chef. Et n'oubliez pas la musette pour mettre le casse-croûte. Emportez le ballon de volley, aussi.

— Chef, chef, a dit Bertin, je peux emporter mon appareil de photo ?

— Bien sûr, Bertin, a dit le chef, comme ça tu prendras des photos de nous tous sur la pointe des Bourrasques. Ce sera un chic souvenir !

— Hé les gars ! Hé les gars ! a crié Bertin tout fier, vous avez entendu ? Je vais prendre des photos !

— T'es un crâneur, toi et ton appareil de photo, a répondu Crépin. On s'en fiche de ton appareil de photo, et puis je ne me laisserai pas prendre en photo par toi. Je bougerai.

— Tu parles comme ça de mon appareil de photo parce que tu es jaloux, a dit Bertin, parce que tu n'en as pas, d'appareil de photo !

— Je n'ai pas d'appareil de photo, moi ? a dit Crépin. Laisse-moi rigoler ! Chez moi, j'en ai un plus chouette que toi d'appareil de photo, alors !

— T'es un menteur et un imbécile, a dit Bertin ; et ils ont commencé à se battre, mais ils ont arrêté parce que le chef a dit que s'ils continuaient à faire les guignols, ils n'iraient pas à la pointe des Bourrasques.

Et puis le chef nous a dit de nous dépêcher parce qu'on allait être en retard pour le rassemblement.

On a pris un gros petit déjeuner, et ensuite nous sommes allés en file devant la cuisine, où M. Genou nous donnait à chacun un casse-croûte et une orange. Ça a pris assez de temps, et M. Genou avait l'air de commencer à s'énerver. Surtout quand Paulin a soulevé le pain et il a dit :

— M'sieur, il y a du gras.

— Eh bien, tu n'auras qu'à le manger, a dit M. Genou.

— A la maison, a dit Paulin, ma maman ne veut jamais que je mange le gras, et puis j'aime pas ça.

— Alors, tu n'auras qu'à le laisser, le gras, a dit M. Genou.

— Mais vous m'aviez dit de le manger, a dit Paulin. C'est pas juste ! Moi je veux rentrer chez mon papa et ma maman. Et il s'est mis à pleurer.

Mais ça s'est arrangé parce que Gualbert, qui avait déjà mangé son gras, a changé son casse-croûte contre celui de Paulin.

Nous sommes sortis du camp, avec M. Rateau devant et tous les autres rangés par équipes avec nos chefs, derrière lui. C'était comme un vrai défilé ; on nous a fait chanter des tas de choses et on chantait très fort parce qu'on était très fiers. Ce qui est dommage, c'est que comme c'était tôt le matin, il n'y avait personne pour nous voir, surtout quand on est passé devant les hôtels où les autres gens sont en vacances. Il y a tout de même une fenêtre qui s'est ouverte et un monsieur a crié :

— Vous n'êtes pas un peu fous de crier comme ça à cette heure-ci ?

Et puis une autre fenêtre s'est ouverte et un autre monsieur a crié :

— C'est vous, monsieur Patin, qui hurlez comme ça ? C'est pas assez de supporter vos rejetons toute la journée ?

— Pas la peine de crâner parce que vous prenez des suppléments à table, Lanchois ! a crié le premier monsieur. Et puis encore une autre fenêtre s'est ouverte et un autre monsieur s'est mis à crier des choses, mais nous ne savons pas quoi, parce que nous étions déjà loin, et comme on chantait fort on n'entendait pas bien.

Et puis, nous sommes sortis de la route et nous avons traversé un champ, et beaucoup ne voulaient pas y aller parce qu'il y avait trois

vaches ; mais on nous a dit que nous étions des hommes, qu'il ne fallait pas avoir peur et on nous a forcés à y aller. Là, les seuls qui chantaient, c'étaient M. Rateau et les chefs d'équipe. Nous, on a repris en chœur quand nous sommes sortis du champ pour entrer dans les bois.

Ils sont chouettes, les bois, avec des tas et des tas d'arbres, comme vous n'en avez jamais vu. Il y a tellement de feuilles qu'on ne voit pas le ciel et il ne fait pas clair du tout, et il n'y a même pas de chemin. On a dû s'arrêter parce que Paulin s'est roulé par terre en criant qu'il avait peur de se perdre et d'être mangé par les bêtes des bois.

— Écoute, p'tit gars, a dit notre chef d'équi-

pe, tu es insupportable ! Regarde tes camarades, est-ce qu'ils ont peur, eux ?

Et puis un autre type s'est mis à pleurer, en disant que oui, que lui aussi il avait peur, et il y en a eu trois ou quatre qui se sont mis à pleurer aussi, mais je crois qu'il y en a qui faisaient ça pour rigoler.

Alors, M. Rateau est venu en courant et il nous a réunis autour de lui, ce qui n'était pas facile à cause des arbres. Il nous a expliqué que nous devions agir comme des hommes et il nous a dit qu'il y avait des tas de façons de retrouver sa route. D'abord il y avait la boussole, et puis le soleil, et puis les étoiles, et puis la mousse sur les arbres, et puis il y était déjà allé l'année dernière, il connaissait le chemin, et assez ri comme ça, en avant marche !

On n'a pas pu partir tout de suite, parce qu'il a fallu réunir les copains qui s'étaient un peu éloignés dans les bois. Il y en avait deux qui jouaient à cache-cache ; un, on l'a trouvé tout de suite, mais l'autre il a fallu crier « Pouce » pour qu'il sorte de derrière son arbre. Il y en avait un autre qui cherchait des champignons, trois qui jouaient au volley-ball et Gualbert qui a eu du mal à descendre de l'arbre où il était monté pour voir s'il y avait des cerises. Et quand tout le monde a été là et qu'on allait se remettre à marcher, Bertin a crié :

— Chef ! Il faut qu'on rentre au camp ! J'ai oublié mon appareil de photo !

Et comme Crépin s'est mis à rigoler, ils ont commencé à se battre, mais ils se sont arrêtés quand notre chef d'équipe a crié : « Assez, ou c'est la fessée ! » On était tous très étonnés ; c'est la première fois qu'on l'entend crier comme ça, notre chef d'équipe !

On a marché très, très longtemps dans les bois, on commençait à être fatigués, et puis on s'est arrêtés. M. Rateau s'est gratté la tête et puis il a réuni les chefs d'équipe autour de lui. Ils faisaient tous des gestes en montrant des directions différentes, et j'ai entendu M. Rateau qui disait : « C'est drôle, ils ont dû faire des coupes depuis l'année dernière, je ne retrouve plus mes repères. » Et puis, à la fin, il a mis un doigt dans sa bouche, il l'a levé en l'air et il s'est remis à marcher et nous on l'a suivi. C'est drôle, il ne nous avait pas parlé de ce système pour retrouver son chemin.

Et puis, après avoir beaucoup marché, on est enfin sorti des bois et nous avons retraversé le champ. Mais les vaches n'y étaient plus, sans doute à cause de la pluie qui s'est mise à tomber. Alors, nous avons couru jusqu'à la route, et nous sommes entrés dans un garage, où nous avons mangé nos casse-croûte, nous avons chanté et nous avons bien rigolé. Et puis, quand la pluie a cessé de tomber, comme il était très tard, nous sommes rentrés au camp. Mais M. Rateau nous a dit qu'il ne se tenait pas pour battu, que demain ou après-demain, nous irions à la pointe des Bourrasques.

En car...

Ma chère maman, mon cher papa,

Je suis très sage, je mange de tout, je m'amuse bien et je voudrais que vous écriviez une lettre d'excuses à M. Rateau pour lui dire que je ne dois pas faire la sieste, comme la lettre que j'ai apportée à la maîtresse la fois où papa et moi nous n'avons pas réussi à faire le problème d'arithmétique...

(Extrait d'une lettre de Nicolas à ses parents)

La sieste

Ce que je n'aime pas à la colonie de vacances, c'est que tous les jours, après le déjeuner, on est de sieste. Et la sieste, elle est obligatoire, même si on invente des excuses pour ne pas la faire. Et c'est pas juste, quoi, à la fin, parce qu'après le matin, où nous nous sommes levés, nous avons fait la gymnastique, notre toilette, nos lits, pris le petit déjeuner, être allés à la plage, nous être baignés et avoir joué sur le sable, il n'y a vraiment pas de raison pour que nous soyons fatigués et que nous allions nous coucher.

Pour la sieste, la seule chose de bien, c'est que notre chef d'équipe vient nous surveiller dans notre baraque et il nous raconte des histoires pour que nous nous tenions tranquilles, et ça c'est chouette.

— Bon ! a dit notre chef d'équipe, tout le monde sur son lit, et que je ne vous entende plus.

Nous, on a tous obéi, sauf Bertin qui s'est mis sous son lit.

— Bertin ! a crié notre chef d'équipe. C'est toujours le même qui fait le pitre ! Ça ne m'étonne pas, tu es le plus insupportable de la bande !

— Ben quoi, chef, a dit Bertin, je cherche mes espadrilles.

Bertin, c'est mon copain, et c'est vrai qu'il est insupportable ; on rigole bien avec lui.

Quand Bertin s'est couché comme les autres, le chef nous a dit de dormir et de ne pas faire de bruit pour ne pas déranger ceux des autres baraques.

— Une histoire, chef ! Une histoire ! nous avons tous crié.

Le chef a fait un gros soupir et il a dit que bon, d'accord, mais silence.

— Il y avait une fois, a dit le chef, dans un

118

très lointain pays, un calife qui était très bon, mais qui avait un très méchant vizir...

Le chef s'est arrêté et il a demandé :

— Qui peut nous dire ce qu'est un vizir ?

Et Bertin a levé le doigt.

— Eh bien ! Bertin ? a demandé le chef.

— Je peux sortir, chef ? a dit Bertin.

Le chef l'a regardé avec des yeux tout petits ; il a pris plein d'air dans sa bouche, et puis il a dit : « Bon, vas-y, mais reviens vite », et Bertin est sorti.

Et puis le chef a continué à se promener dans le couloir entre les lits et à nous raconter son histoire. Je dois dire que moi j'aime mieux les histoires avec des cow-boys, des Indiens ou des aviateurs. Le chef parlait, personne ne faisait de bruit et j'avais les yeux qui se fermaient, et puis j'étais à cheval, habillé en cow-boy, avec des chouettes revolvers en argent à la ceinture, et je commandais des tas de cow-boys, parce que j'étais le shérif, et les Indiens allaient nous attaquer et il y en a un qui a crié : « Regardez les gars ! J'ai trouvé un œuf ! »

Je me suis assis d'un coup sur mon lit et j'ai vu que c'était Bertin qui était entré dans la baraque, avec un œuf dans la main.

On s'est tous levés pour aller voir.

— Couchez-vous ! Couchez-vous tous ! a crié le chef, qui n'avait pas l'air content du tout.

— A votre avis, chef, c'est un œuf de quoi ? a demandé Bertin.

Mais le chef lui a dit que ça ne le regardait pas, et qu'il aille remettre l'œuf où il l'avait trouvé et qu'il revienne se coucher. Et Bertin est ressorti avec son œuf.

Comme plus personne ne dormait, le chef a continué à nous raconter son histoire. C'était pas mal, surtout la partie où le chouette calife se déguise pour savoir ce que les gens pensent de lui, et le grand vizir, qui est drôlement méchant, en profite pour prendre sa place. Et puis le chef s'est arrêté, et il a dit :

— Mais que fait donc ce garnement de Bertin ?

— Si vous voulez, chef, je peux aller le chercher, a dit Crépin.

— Bon, a dit le chef, mais ne t'attarde pas.

Crépin est sorti et il est revenu tout de suite en courant.

— Chef ! Chef ! a crié Crépin, Bertin est sur un arbre et il ne peut plus en descendre !

Le chef est sorti en courant et nous on l'a tous suivi, même qu'il a fallu réveiller Gualbert qui dormait et qui n'avait rien entendu.

Bertin était assis sur une branche, tout en haut d'un arbre, et il n'avait pas l'air content.

— Le voilà ! Le voilà ! on a tous crié en le montrant du doigt.

— Silence ! a crié notre chef d'équipe. Bertin, qu'est-ce que tu fais là-haut ?

120

— Ben ! a dit Bertin, je suis allé remettre l'œuf où je l'avais trouvé, comme vous me l'aviez dit, et je l'avais trouvé ici, dans un nid. Mais en montant, il y a une branche qui s'est cassée et je ne peux plus descendre.

Et Bertin s'est mis à pleurer. Il a une voix terrible, Bertin : quand il pleure, on l'entend de loin. Et puis de la baraque à côté de l'arbre, est sorti le chef d'une autre équipe, qui avait l'air très fâché.

— C'est toi et ton équipe qui faites tout ce bruit ? il a demandé à notre chef d'équipe. Tu as réveillé tous mes zèbres et je venais à peine de réussir à les endormir.

— Plains-toi, a crié notre chef, moi j'en ai un sur l'arbre, là !

L'autre chef d'équipe a regardé et il s'est mis à rigoler, mais pas pour longtemps, parce que tous les types de son équipe sont sortis de leur baraque pour voir ce qui se passait. On était un tas de monde autour de l'arbre.

— Rentrez vous coucher ! a crié le chef de l'autre équipe. Tu vois ce que tu as réussi à faire ? Tu n'as qu'à mieux tenir tes zèbres. Quand on ne sait pas se faire obéir, on ne se met pas chef d'équipe dans une colonie de vacances !

— Je voudrais t'y voir, a dit notre chef, et puis tes zèbres à toi, ils font autant de bruit que mes zèbres à moi !

— Oui, a dit l'autre chef d'équipe, mais ce sont tes zèbres à toi qui ont réveillé mes zèbres à moi !

— Chef, je voudrais descendre ! a crié Bertin.

Alors, les chefs ont cessé de se disputer et ils sont allés chercher une échelle.

— Faut être un peu bête pour rester coincé comme ça sur un arbre, a dit un type de l'autre équipe.

— Ça te regarde ? j'ai demandé.

— Ouais ! a dit un autre type de l'autre équipe. Dans votre équipe, vous êtes tous bêtes, c'est bien connu !

— Répète un peu !... a demandé Gualbert.

Et comme l'autre a répété, nous avons commencé à nous battre.

— Hé, les gars ! Hé ! Attendez qu'on me descende pour commencer ! a crié Bertin. Hé, les gars !

Et puis les chefs sont revenus en courant avec une échelle et M. Rateau, le chef du camp, qui voulait savoir ce qui se passait. Tout le monde criait, c'était très chouette, et les chefs avaient l'air très fâché, peut-être parce que Bertin ne les avait pas attendus pour descendre de l'arbre, tellement il avait été pressé de venir rigoler avec nous.

— Rentrez dans vos baraques, tous ! a crié M. Rateau, et il avait la voix du Bouillon, qui est mon surveillant à l'école.

Et nous sommes retournés pour faire la sieste.

Ça n'a pas été pour très longtemps, parce que c'était l'heure du rassemblement, et notre chef d'équipe nous a tous fait sortir. Il avait l'air content. Je crois que lui non plus n'aime pas la sieste.

Ce qui a encore fait des histoires, c'est que Bertin s'était endormi sur son lit, et il ne voulait pas se lever.

Mon chéri,

Nous espérons que tu es bien sage, que tu manges tout ce qu'on te
donne et que tu t'amuses bien. Pour la sieste, M. Rateau a raison ; il faut
que tu te reposes, et que tu dormes aussi bien après le déjeuner qu'après
le dîner. Si on te laissait faire, nous te connaissons, mon poussin, tu
voudrais jouer même la nuit. Heureusement que tes supérieurs sont là
pour te surveiller, et il faut toujours leur obéir. Pour le problème d'arithmétique, papa dit qu'il avait trouvé la solution, mais qu'il voulait que tu
y arrives par toi-même...

(Extrait d'une lettre des parents de Nicolas à Nicolas)

Jeu de nuit

Hier soir, pendant le dîner, M. Rateau, qui est le chef du camp, parlait avec nos chefs d'équipe et ils se disaient des tas de choses à voix basse en nous regardant de temps en temps. Et puis, après le dessert — de la confiture de groseilles, c'était bien — on nous a dit d'aller vite nous coucher.

Notre chef d'équipe est venu nous voir dans notre baraque, il nous a demandé si on était en forme, et puis il nous a dit de nous endormir bien vite, parce qu'on aurait besoin de toutes nos forces.

— Pour quoi faire, chef ? a demandé Calixte.

— Vous verrez, a dit le chef, et puis il nous a dit bonne nuit et il a éteint la lumière.

Moi, je sentais bien que cette nuit c'était pas comme les autres nuits, et j'ai vu que je ne pourrais pas dormir ; ça me fait toujours ça quand je m'énerve avant de me coucher.

Je me suis réveillé tout d'un coup en entendant des cris et des coups de sifflet.

— Jeu de nuit ! Jeu de nuit ! Rassemblement pour le jeu de nuit ! on criait dehors.

125

On s'est tous assis dans notre lit, sauf Gualbert, qui n'avait rien entendu et qui dormait, et
Paulin qui avait eu peur et qui pleurait sous sa
couverture et on ne le voyait pas, mais on l'entendait et ça faisait : « Hmm hmm hmm » ;
mais nous on le connaît et on savait qu'il criait
qu'il voulait retourner chez son papa et sa
maman, comme il dit toujours.

Et puis la porte de notre baraque s'est ouverte, notre chef d'équipe est entré, il a allumé la
lumière et il nous a dit de nous habiller tous en
vitesse pour aller au rassemblement pour le jeu
de nuit, et de bien nous couvrir avec nos chan-
dails. Alors, Paulin a sorti sa tête de dessous
sa couverture et il s'est mis à crier qu'il avait
peur de sortir la nuit, et que de toute façon son
papa et sa maman ne le laissaient jamais sortir
la nuit, et qu'il n'allait pas sortir la nuit.

— Bon, a dit notre chef d'équipe, tu n'as qu'à
rester ici.

Alors, Paulin s'est levé et ça a été le premier
à être prêt et à sortir, parce qu'il disait qu'il
avait peur de rester seul dans la baraque et

126

qu'il se plaindrait à son papa et à sa maman.

On a fait le rassemblement au milieu du camp, et comme il était très tard la nuit et qu'il faisait noir, on avait allumé les lumières, mais on n'y voyait quand même pas beaucoup.

M. Rateau nous attendait.

— Mes chers enfants, nous a dit M. Rateau, nous allons faire un jeu de nuit, M. Genou, notre économe, que nous aimons tous bien, est parti avec un fanion. Il s'agit pour vous de retrouver M. Genou et de ramener son fanion au camp. Vous agirez par équipes, et l'équipe qui rapportera le fanion aura droit à une distribution supplémentaire de chocolat. M. Genou nous a laissé quelques indications qui vous permettront de le retrouver plus facilement ; écoutez bien : « Je suis parti vers la Chine, et devant un tas de trois gros cailloux blancs... » Ça ne vous ferait rien de ne pas faire de bruit quand je parle ?

Bertin a rangé son sifflet dans sa poche et M. Rateau a continué :

« — Et devant un tas de trois gros cailloux blancs, j'ai changé d'avis et je suis allé dans les bois. Mais pour ne pas me perdre, j'ai fait comme le Petit Poucet et... » Pour la dernière fois, voulez-vous cesser de jouer avec ce sifflet ?

— Oh ! pardon, monsieur Rateau, a dit un chef d'équipe, j'ai cru que vous aviez fini.

M. Rateau a fait un gros soupir, et il a dit :

— Bien. Vous avez là les indications qui vous permettront de retrouver M. Genou et son fanion si vous faites preuve d'ingéniosité, de perspicacité et d'initiative. Restez bien groupés par équipes, et que le meilleur gagne. Allez-y !

Et les chefs d'équipe ont donné des tas de coups de sifflet, tout le monde s'est mis à courir partout, mais sans sortir du camp, parce que personne ne savait .où aller.

On était drôlement contents : jouer comme ça la nuit, c'est une aventure terrible.

— Je vais aller chercher ma lampe électrique, a crié Calixte.

Mais notre chef d'équipe l'a rappelé.

— Ne vous éparpillez pas, il nous a dit. Discutez entre vous pour savoir comment commencer vos recherches. Et faites vite si vous ne voulez pas qu'une autre équipe arrive avant vous à retrouver M. Genou.

Là, je crois qu'il n'y avait pas trop à s'inquié-

ter, parce que tout le monde courait et criait, mais personne n'était encore sorti du camp.

— Voyons, a dit notre chef d'équipe. Réfléchissez. M. Genou a dit qu'il était parti vers la Chine. Dans quelle direction se trouve ce pays d'Orient ?

— Moi, j'ai un atlas où il y a la Chine, nous a dit Crépin. C'est ma tante Rosalie qui me l'a donné pour mon anniversaire ; j'aurais préféré un vélo.

— Moi, j'ai un chouette vélo, chez moi, a dit Bertin.

— De course ? j'ai demandé.

— L'écoute pas, a dit Crépin, il raconte des blagues !

— Et la baffe que tu vas recevoir, c'est une blague ? a demandé Bertin.

— La Chine se trouve à l'Est ! a crié notre chef d'équipe.

— Et l'Est, c'est où ? a demandé un type.

— Hé, chef, a crié Calixte, ce type, il est pas de chez nous ! C'est un espion !

— Je suis pas un espion, a crié le type. Je suis de l'équipe des Aigles, et c'est la meilleure équipe de la colo !

— Eh bien, va la rejoindre, ton équipe, a dit notre chef.

— C'est que je sais pas où elle est, a dit le type, et il s'est mis à pleurer.

Il était bête, le type, parce qu'elle ne devait pas être bien loin, son équipe, puisque personne n'était encore sorti du camp.

— Le soleil, a dit notre chef d'équipe, se lève de quel côté ?

— Il se lève du côté de Gualbert, qui a son lit à côté de la fenêtre ! Même qu'il se plaint que ça le réveille, a dit Jonas.

— Hé ! chef, a crié Crépin, il est pas là, Gualbert !

— C'est vrai, a dit Bertin, il s'est pas réveillé. Il dort drôlement, Gualbert. Je vais aller le chercher.

— Fais vite ! a crié le chef.

Bertin est parti en courant et puis il est revenu en disant que Gualbert avait sommeil et qu'il ne voulait pas venir.

— Tant pis pour lui, a dit le chef. Nous avons perdu assez de temps comme ça !

Mais comme personne n'était encore sorti du camp, ce n'était pas bien grave.

Et puis, M. Rateau, qui était resté debout au milieu du camp, s'est mis à crier :

— Un peu de silence ! Les chefs d'équipe, faites de l'ordre ! Réunissez vos équipes pour commencer le jeu !

Ça, ça a été un drôle de travail, parce que dans le noir on s'était un peu mélangés. Chez nous, il y en avait un des Aigles et deux des Braves. Paulin, on l'a vite retrouvé chez les Sioux, parce qu'on a reconnu sa façon de pleurer. Calixte était allé espionner chez les Trappeurs, qui cherchaient leur chef d'équipe.

On rigolait bien, et puis il s'est mis à pleuvoir fort comme tout.

— Le jeu est suspendu ! a crié M. Rateau. Que les équipes retournent dans leurs baraques !

Et ça, ça a été vite fait, parce qu'heureusement, personne n'était encore sorti du camp.

M. Genou, on l'a vu revenir le lendemain matin, avec son fanion, dans la voiture du fermier qui a le champ d'orangers. Après, on nous a dit que M. Genou s'était caché dans le bois de pins. Et puis, quand il s'était mis à pleuvoir, il en avait eu assez de nous attendre et il avait voulu revenir au camp. Mais il s'était perdu dans les bois et il était tombé dans un fossé plein d'eau. Là, il s'était mis à crier et ça avait fait aboyer le chien du fermier. Et c'est comme ça que le fermier avait pu trouver M. Genou et le ramener dans sa ferme pour le sécher et lui faire passer la nuit.

Ce qu'on nous a pas dit, c'est si on avait donné au fermier la distribution supplémentaire de chocolat. Il y avait droit, pourtant !

« La pêche à la ligne a une influence calmante indéniable... ». Ces quelques mots lus dans un magazine ont fortement impressionné Gérard Lestouffe, le jeune chef de l'équipe Œil-de-Lynx, qui a passé une nuit délicieuse à rêver de douze petits garçons immobiles et silencieux, en train de surveiller attentivement douze bouchons ballottés sur l'onde paisible...

La soupe de poisson

Ce matin, notre chef d'équipe est entré dans la baraque et il nous a dit : « Eh, les gars ! Pour changer, au lieu d'aller à la baignade avec les autres, ça vous amuserait d'aller à la pêche ? » « Oui ! » on a répondu tous. Presque tous, parce que Paulin n'a rien dit, il se méfie toujours et il veut rentrer chez son papa et sa maman. Gualbert non plus n'a rien dit. Il dormait encore.

— Bon, a dit notre chef. J'ai déjà prévenu le cuisinier pour lui dire que nous lui apporterons du poisson pour midi. C'est notre équipe qui offrira la soupe de poisson à tout le camp. Comme ça, les autres équipes sauront que l'équipe Œil-de-Lynx est la meilleure de toutes. Pour l'équipe Œil-de-Lynx... hip hip !

— Hourra ! on a tous crié, sauf Gualbert.

— Et notre mot de passe, c'est ?... nous a demandé notre chef.

— Courage ! on a tous répondu, même Gualbert qui venait de se réveiller.

Après le rassemblement, pendant que les autres allaient à la plage, M. Rateau, le chef du

133

camp, nous a fait distribuer des cannes à pêche
et une vieille boîte pleine de vers. « Ne rentrez
pas trop tard, que j'aie le temps de préparer la
soupe » a crié le cuisinier en rigolant. Il rigole
toujours le cuisinier, et nous on l'aime bien.
Quand on va le voir dans sa cuisine, il se met à
crier : « Dehors, bande de petits mendiants ! Je
vais vous chasser avec ma grosse louche !
Vous allez voir ! » et il nous donne des
biscuits.

Nous sommes partis avec nos cannes à
pêche et nos vers, et nous sommes arrivés sur
la jetée, tout au bout. Il n'y avait personne,
sauf un gros monsieur avec un petit chapeau
blanc qui était en train de pêcher, et qui n'a
pas eu l'air tellement content de nous voir.

— Avant tout, pour pêcher, a dit notre chef,
il faut du silence, sinon, les poissons ont peur
et ils s'écartent ! Pas d'imprudences, je ne veux
voir personne tomber dans l'eau ! Restez grou-

pés ! Interdiction de descendre dans les rochers ! Faites bien attention de ne pas vous faire mal avec les hameçons !

— C'est pas un peu fini ? a demandé le gros monsieur.

— Hein ? a demandé notre chef, tout étonné.

— Je vous demande si vous n'avez pas un peu fini de hurler comme un putois, a dit le gros monsieur. A crier comme ça, vous effrayeriez une baleine !

— Il y a des baleines par ici ? a demandé Bertin.

— S'il y a des baleines, moi je m'en vais ! a crié Paulin, et il s'est mis à pleurer, en disant qu'il avait peur et qu'il voulait rentrer chez son papa et sa maman. Mais il n'est pas parti, celui qui est parti, c'est le gros monsieur, et c'était tant mieux, parce que comme ça on était entre nous, sans qu'il y ait personne pour nous déranger.

— Quels sont ceux d'entre vous qui sont déjà allés à la pêche ? a demandé notre chef.

— Moi, a dit Athanase. L'été dernier, j'ai pêché un poisson comme ça ! et il a ouvert les bras autant qu'il a pu. Nous on a rigolé parce qu'Athanase est très menteur ; c'est même le plus menteur de nous tous.

— T'es un menteur, lui a dit Bertin.

— T'es jaloux et bête, a dit Athanase. Comme ça qu'il était mon poisson ! Et Bertin a profité qu'Athanase ait les bras écartés pour lui coller une gifle.

— Assez, vous deux, ou je vous défends de pêcher ! C'est compris ? a crié le chef. Athanase et Bertin se sont tenus tranquilles, mais Athanase a encore dit qu'on verrait bien le poisson qu'il sortirait, non mais sans blague ! et Bertin a dit qu'il était sûr que son poisson à lui serait le plus grand de tous.

Le chef nous a montré comment il fallait faire pour mettre un ver au bout de l'hameçon. « Et surtout, il nous a dit, faites bien attention de ne pas vous faire de mal avec les hameçons ! » On a tous essayé de faire comme le chef, mais ce n'est pas facile, et le chef nous a aidés, surtout Paulin qui avait peur des vers et qui a demandé s'ils mordaient. Dès qu'il a eu un ver à son hameçon, Paulin, vite, vite, il a jeté la ligne à l'eau, pour éloigner le ver le plus possible. On avait tous mis nos lignes dans l'eau, sauf Athanase et Bertin qui avaient emmêlé leurs lignes, et Gualbert et Calixte qui étaient occupés à faire une course de vers sur la jetée. « Surveillez bien vos bouchons ! » a dit le chef.

Nous, les bouchons, on les surveillait, mais il ne se passait pas grand-chose, et puis, Paulin a poussé un cri, il a levé sa canne et au bout de la ligne il y avait un poisson. « Un poisson ! a crié Paulin. Maman ! » et il a lâché la canne qui est tombée sur les rochers. Le chef s'est passé la main sur la figure, il a regardé Paulin qui pleurait, et puis il a dit : « Attendez-moi là, je vais aller chercher la canne de ce petit... de ce petit maladroit. » Le chef est descendu sur les rochers, et c'est dangereux parce que c'est très glissant, mais tout s'est bien passé, sauf que ça a fait des histoires quand Crépin est descendu aussi pour aider le chef, et il a glissé dans l'eau, mais le chef a pu le rattraper, et il criait tellement fort le chef, que très loin, sur la plage, on a vu des gens qui se levaient pour voir. Quand le chef a rendu la canne à Paulin, le poisson n'était plus au bout de la ligne. Là où Paulin a été vraiment content, c'est que le ver n'y était plus non plus. Et Paulin a été d'accord pour continuer à pêcher, à condition qu'on ne lui remette pas de ver à l'hameçon.

Le premier poisson, c'est Gualbert qui l'a eu. C'était son jour à Gualbert : il avait gagné la course de vers, et maintenant, il avait un poisson. On est tous allés voir. Il était pas très gros, son poisson, mais Gualbert était fier quand même et le chef l'a félicité. Après, Gualbert a dit qu'il avait fini, puisqu'il avait eu son poisson. Il s'est allongé sur la jetée et il a dormi. Le deuxième poisson, vous ne devinerez jamais qui l'a eu ! C'est moi ! Un poisson formidable ! Vraiment terrible ! Il était à peine un peu plus petit que celui de Gualbert, mais il était très bien. Ce qui est dommage, c'est que le chef s'est fait mal au doigt avec l'hameçon, en le décrochant (c'est drôle, je l'aurais parié que ça allait lui arriver). C'est peut-être pour ça que le chef a dit qu'il était l'heure de rentrer. Athanase et Bertin ont protesté parce qu'ils n'avaient pas encore réussi à démêler leurs lignes.

En donnant les poissons au cuisinier, on était un peu embêtés, parce que deux poissons pour faire la soupe pour tout le camp, c'est peut-être pas beaucoup. Mais le cuisinier s'est mis à rigoler et il nous a dit que c'était parfait, que c'était juste ce qu'il fallait. Et pour nous récompenser, il nous a donné des biscuits.

Eh bien, le cuisinier, il est formidable ! La soupe était très bonne et M. Rateau a crié : « Pour l'équipe Œil-de-Lynx... hip hip... » « Hourra ! » a crié tout le monde, et nous aussi, parce que nous étions drôlement fiers.

Après, j'ai demandé au cuisinier comment ça se faisait que les poissons de la soupe étaient si gros et si nombreux. Alors, le cuisinier s'est mis à rigoler, et il m'a expliqué que les poissons, ça gonfle à la cuisson. Et comme il est chouette, il m'a donné une tartine à la confiture.

Cher Monsieur, chère Madame,

Crépin se porte très bien, et je suis heureux de vous dire que nous sommes très contents de lui. Cet enfant est parfaitement adapté et s'entend très bien avec ses camarades. Il a peut-être parfois un peu tendance à jouer au « dur » (si vous me passez l'expression). Il veut que ses camarades le considèrent comme un homme et comme un chef. Dynamique, avec un sens très poussé de l'initiative, Crépin a un ascendant très vif sur ses jeunes amis, qui admirent, inconsciemment, son équilibre. Je serai très heureux de vous voir, lors de votre passage dans la région...

(Extrait d'une lettre de M. Rateau aux parents de Crépin)

Crépin a des visites

La colonie de vacances où je suis, le Camp Bleu, est très bien. On est des tas de copains et on s'amuse drôlement. La seule chose, c'est que nos papas et nos mamans ne sont pas là. Oh ! bien sûr, on s'écrit des tas de lettres, les papas, les mamans et nous. Nous, on raconte ce qu'on fait, on dit qu'on est sages, qu'on mange bien, qu'on rigole et qu'on les embrasse très fort, et eux, ils nous répondent que nous devons être obéissants, qu'on doit manger de tout, qu'on doit être prudents et qu'ils nous font des grosses bises ; mais ce n'est pas la même chose que quand nos papas et nos mamans sont là.

C'est pour ça que Crépin a eu drôlement de la chance. On venait de s'asseoir pour déjeuner, quand M. Rateau, le chef du camp, est entré avec un gros sourire sur sa figure, et il a dit :

— Crépin, une bonne surprise pour toi, ta maman et ton papa sont venus te rendre visite.

Et nous sommes tous sortis pour voir.

Crépin a sauté au cou de sa maman, et puis à celui de son papa, il les a embrassés, ils lui ont dit qu'il avait grandi et qu'il était bien brûlé par le soleil. Crépin a demandé s'ils lui avaient apporté le train électrique et ils avaient l'air tout contents de se voir. Et puis Crépin leur a dit, à son papa et à sa maman :

— Ça, c'est les copains. Celui-là, c'est Bertin ; l'autre, c'est Nicolas, et puis Gualbert, et puis Paulin, et puis Athanase, et puis les autres, et ça c'est notre chef d'équipe, et ça c'est notre baraque et hier j'ai pêché des tas de crevettes.

— Vous partagerez bien notre déjeuner ? a demandé M. Rateau.

— Nous ne voudrions pas vous déranger, a dit le papa de Crépin, nous sommes juste de passage.

— Par curiosité, j'aimerais bien voir ce qu'ils mangent les petiots, a dit la maman de Crépin.

— Mais avec plaisir, chère madame, a dit M. Rateau. Je vais faire prévenir le chef de préparer deux rations supplémentaires.

Et nous sommes tous revenus dans le réfectoire.

La maman et le papa de Crépin étaient à la table de M. Rateau, avec M. Genou, qui est notre économe. Crépin est resté avec nous, il était drôlement fier et il nous a demandé si on avait vu l'auto de son papa. M. Rateau a dit à la maman et au papa de Crépin que tout le monde au camp était très content de Crépin, qu'il avait des tas d'initiatives et de dynamismes. Et puis on a commencé à manger.

— Mais c'est très bon ! a dit le papa de Crépin.

— Une nourriture simple, mais abondante et saine, a dit M. Rateau.

— Enlève bien la peau de ton saucisson, mon gros lapin, et mâche bien ! a crié la maman de Crépin à Crépin.

Et Crépin, ça n'a pas paru lui plaire que sa maman lui dise ça. Peut-être parce qu'il avait déjà mangé son saucisson avec la peau. Il faut

dire que pour manger, il a des dynamismes terribles, Crépin. Et puis, on a eu du poisson.

— C'est bien meilleur que dans l'hôtel où nous étions sur la Costa Brava, a expliqué le papa de Crépin ; là-bas, l'huile...

— Les arêtes! Attention aux arêtes, mon gros lapin ! a crié la maman de Crépin. Souviens-toi comme tu as pleuré à la maison, le jour où tu en as avalé une !

— J'ai pas pleuré, il a dit Crépin, et il est devenu tout rouge ; il avait l'air encore plus brûlé par le soleil qu'avant.

On a eu le dessert, de la crème, très chouette, et après M. Rateau a dit :

— Nous avons l'habitude, après les repas, de chanter quelques chansons.

Et puis M. Rateau s'est levé, il nous a dit :
— Attention !

Il a remué les bras, et on a chanté le coup, là, où il y a des cailloux sur toutes les routes, et puis après, celle du petit navire, où on tire à la courte-paille pour savoir qui, qui, qui sera mangé, ohé ! ohé ! et le papa de Crépin, qui avait l'air de bien s'amuser, nous a aidés ; il est terrible pour les ohé ! ohé ! Quand on a eu fini, la maman de Crépin a dit :

— Lapin, chante-nous la petite balançoire !

Et elle a expliqué à M. Rateau que Crépin chantait ça quand il était tout petit, avant que son papa insiste pour qu'on lui coupe les cheveux, et c'est dommage, parce qu'il était terrible avec ses boucles. Mais Crépin n'a pas voulu chanter, il a dit qu'il la savait plus la chanson, et sa maman a voulu l'aider :

— Youp-là, youp-là, la petite balançoire...

Mais même là, Crépin n'a pas voulu, et il n'a pas eu l'air content que Bertin se mette à rigoler. Et puis M. Rateau a dit qu'il était l'heure de se lever de table.

Nous sommes sortis du réfectoire, et le papa de Crépin a demandé ce qu'on faisait à cette heure-ci, d'habitude.

— Ils font la sieste, a dit M. Rateau, c'est obligatoire. Il faut qu'ils se reposent et qu'ils se détendent.

— C'est très judicieux, a dit le papa de Crépin.

— Moi, je veux pas faire la sieste, a dit Crépin, je veux rester avec mon papa et ma maman !

— Mais oui, mon gros lapin, a dit la maman de Crépin, je suis sûre que M. Rateau fera une exception pour toi, aujourd'hui.

— S'il ne fait pas la sieste, je la fais pas non plus ! a dit Bertin.

— Moi je m'en fiche que tu fasses pas la sieste, a répondu Crépin. Moi, en tout cas, je la fais pas !

— Et pourquoi tu la ferais pas la sieste, s'il vous plaît ? a demandé Athanase.

— Ouais, a dit Calixte, si Crépin fait pas la sieste, personne la fait, la sieste !

— Et pourquoi je la ferais pas la sieste ? a demandé Gualbert. Moi j'ai sommeil, et j'ai le droit de faire la sieste, même si cet imbécile ne la fait pas !

— Tu veux une baffe ? a demandé Calixte.

Alors M. Rateau, qui a eu l'air de se fâcher tout d'un coup, a dit :

— Silence ! Tout le monde fera la sieste ! Un point, c'est tout !

Alors, Crépin s'est mis à crier, à pleurer, à faire des tas de gestes avec les mains et les pieds, et ça nous a étonnés, parce que c'est plutôt Paulin qui fait ça. Paulin, c'est un copain qui pleure tout le temps et qui dit qu'il veut retourner chez son papa et sa maman, mais là, il ne disait rien, tellement il était étonné d'en voir pleurer un autre que lui.

Le papa de Crépin a eu l'air très embêté.

— De toute façon, il a dit, nous devons repartir tout de suite, si nous voulons arriver cette nuit comme prévu...

La maman de Crépin a dit que c'était plus sage, en effet. Elle a embrassé Crépin, lui a fait des tas de conseils, lui a promis des tas de jouets, et puis elle a dit au revoir à M. Rateau.

— C'est très bien chez vous, elle a dit. Je trouve seulement que, loin de leurs parents, les enfants sont un peu nerveux. Ce serait une bonne chose, si les parents venaient les voir régulièrement. Ça les calmerait, ça leur rendrait leur équilibre de se retrouver dans l'atmosphère familiale.

Et puis, nous sommes tous allés faire la sieste. Crépin ne pleurait plus, et si Bertin n'avait pas dit : « Lapin, chante-nous la petite balançoire », je crois que nous ne nous serions pas tous battus.

Les vacances se terminent, et il va falloir quitter la colo. C'est triste, bien sûr, mais les enfants se consolent en pensant que leurs parents seront très contents de les revoir. Et avant le départ, il y a eu une grande veillée d'adieu au Camp Bleu. Chaque équipe a fait montre de ses talents ; celle de Nicolas a clos la fête en faisant une pyramide humaine. Au sommet de la pyramide, un des jeunes gymnastes a agité le fanion de l'équipe Œil-de-Lynx, et tout le monde a poussé le cri de ralliement : « Courage ! »

Courage qu'ils ont tous eu au moment des adieux, sauf Paulin, qui pleurait et qui criait qu'il voulait rester au camp.

Souvenirs de vacances

Moi, je suis rentré de vacances ; j'étais dans une colo, et c'était très bien.

Quand nous sommes arrivés à la gare avec le train, il y avait tous les papas et toutes les mamans qui nous attendaient. C'était terrible : tout le monde criait, il y en avait qui pleuraient parce qu'ils n'avaient pas encore retrouvé leurs mamans et leurs papas, d'autres qui riaient parce qu'ils les avaient retrouvés, les chefs d'équipe qui nous accompagnaient sifflaient pour que nous restions en rang, les employés de la gare sifflaient pour que les chefs d'équipe ne sifflent plus, ils avaient peur qu'ils fassent partir les trains, et puis j'ai vu mon papa et ma maman, et là, ça a été chouette comme je ne peux pas vous dire. J'ai sauté dans les bras de ma maman, et puis dans ceux de mon papa, et on s'est embrassés, et ils m'ont dit que j'avais grandi, que j'étais tout brun, et maman avait les yeux mouillés et papa il rigolait doucement en faisant « hé hé » et il me passait sa main sur les cheveux, moi j'ai commencé à leur raconter mes vacances, et nous sommes partis de la gare, et papa a perdu ma valise.

J'ai été content de retrouver la maison, elle sent bon, et puis ma chambre avec tous les jouets, et maman est allée préparer le déjeuner, et ça c'est chouette, parce qu'à la colo, on mangeait bien, mais maman cuisine mieux que tout le monde, et même quand elle rate un gâteau, il est meilleur que n'importe quoi que vous ayez jamais mangé. Papa s'est assis dans un fauteuil pour lire son journal et moi je lui ai demandé :

— Et qu'est-ce que je fais maintenant ?

— Je ne sais pas moi, a dit papa, tu dois être fatigué du voyage, va te reposer dans ta chambre.

— Mais je ne suis pas fatigué, j'ai dit.

— Alors va jouer, m'a dit papa.

— Avec qui ? j'ai dit.

— Avec qui, avec qui, en voilà une question ! a dit papa. Avec personne, je suppose.

— Moi je sais pas jouer tout seul, j'ai dit, c'est pas juste, à la colo, on était des tas de copains et il y avait toujours des choses à faire.

Alors papa a mis le journal sur ses genoux, il m'a fait les gros yeux et il m'a dit : « Tu n'es plus à la colo ici, et tu vas me faire le plaisir d'aller jouer tout seul ! » Alors moi je me suis mis à pleurer, maman est sortie en courant de la cuisine, elle a dit : « Ça commence bien », elle m'a consolé et elle m'a dit qu'en attendant

152

le déjeuner, j'aille jouer dans le jardin, que peut-être je pourrais inviter Marie-Edwige qui venait de rentrer de vacances. Alors je suis sorti en courant pendant que maman parlait avec papa. Je crois qu'ils parlaient de moi, ils sont très contents que je sois revenu.

Marie-Edwige, c'est la fille de M. et Mme Courteplaque, qui sont nos voisins. M. Courteplaque est chef du rayon de chaussures aux magasins du « Petit Epargnant », troisième étage, et il se dispute souvent avec papa. Mais Marie-Edwige, elle est très chouette, même si c'est une fille. Et là, c'était de la veine, parce que quand je suis sorti dans notre jardin, j'ai vu Marie-Edwige qui jouait dans le sien.

— Bonjour Marie-Edwige, j'ai dit, tu viens jouer dans le jardin avec moi ?

— Oui, a dit Marie-Edwige, et elle est passée par le trou dans la haie que papa et M. Courteplaque ne veulent pas arranger parce que chacun dit que le trou est dans le jardin de l'autre. Marie-Edwige, depuis que je l'ai vue la dernière fois avant les vacances, est devenue toute foncée, et avec ses yeux tout bleus et ses cheveux tout blonds, ça fait très joli. Non, vraiment, même si c'est une fille, elle est très chouette, Marie-Edwige.

— T'as passé de bonnes vacances ? m'a demandé Marie-Edwige.

— Terribles ! je lui ai dit. J'étais dans une colo, il y avait des équipes, et la mienne c'était la meilleure, elle s'appelait « Œil-de-Lynx » et c'était moi le chef.

— Je croyais que les chefs c'étaient des grands, m'a dit Marie-Edwige.

— Oui, j'ai dit, mais moi, j'étais l'aide du chef, et il ne faisait rien sans me demander. Celui qui commandait vraiment, c'était moi.

— Et il y avait des filles, dans la colo ? m'a demandé Marie-Edwige.

— Peuh ! j'ai répondu, bien sûr que non, c'était trop dangereux pour les filles. On faisait des choses terribles, et puis moi, j'ai dû en sauver deux qui se noyaient.

— Tu racontes des blagues, m'a dit Marie-Edwige.

— Comment des blagues ? j'ai crié. C'est pas deux fois, mais trois, j'en avais oublié un. Et puis à la pêche, c'est moi qui ai gagné le concours, j'ai sorti un poisson, comme ça ! et j'ai écarté les bras autant que je pouvais et Marie-Edwige s'est mise à rigoler comme si elle ne me croyait pas. Et ça, ça ne m'a pas plu ; c'est vrai, avec les filles on ne peut pas parler. Alors, je lui ai raconté la fois où j'avais aidé la police à retrouver un voleur qui était venu se cacher dans le camp et la fois où j'avais nagé jusqu'au phare et retour, et tout le monde était très inquiet, mais quand je suis revenu à la plage, tout le monde m'avait félicité et avait dit que j'étais un champion terrible, et puis la fois aussi, où tous les copains du camp s'étaient perdus dans la forêt, pleine de bêtes sauvages, et moi je les avais retrouvés.

— Moi, a dit Marie-Edwige, j'étais à la plage avec ma maman et mon papa, et je me suis fait un petit copain qui s'appelait Jeannot et qui était terrible pour les galipettes...

— Marie-Edwige ! a crié Mme Courteplaque qui était sortie de la maison, reviens tout de suite, le déjeuner est servi !

— Je te raconterai plus tard, m'a dit Marie-Edwige, et elle est partie en courant par le trou de la haie.

Quand je suis rentré dans ma maison, papa m'a regardé et il m'a dit : « Alors, Nicolas, tu as retrouvé ta petite camarade ? Tu es de meilleure humeur maintenant ? » Alors, moi, j'ai pas répondu, je suis monté en courant dans ma chambre et j'ai donné un coup de pied dans la porte de l'armoire.

C'est vrai, quoi, à la fin, qu'est-ce qu'elle a Marie-Edwige à me raconter des tas de blagues sur ses vacances ? D'abord, ça ne m'intéresse pas.

Et puis son Jeannot, c'est un imbécile et un laid !

table

Sempé / Goscinny

Les vacances
du petit Nicolas

Supplément réalisé par
Christian Biet,
Jean-Paul Brighelli,
Jean-Pierre Gattégno
et Jean-Luc Rispail

QUEL EST VOTRE STYLE DE VACANCES ?

Choisissez, pour chaque question, la réponse qui vous correspond le mieux. Comptez ensuite le nombre de △, □, ▷, ☆ obtenus et rendez-vous à la page des solutions.

1. *Pour vous les vacances, c'est d'abord :*
A. Le repos △ ☆
B. La rigolade ▷ ▷ ☆
C. Les activités, sportives ou autres ▷ □ ☆

2. *Vous aimez bien :*
A. Raconter vos exploits ▷ □ ☆
B. Prendre des photos △ □ ▷
C. Voir de nouvelles têtes ▷ ▷ ☆

3. *Avoir des amis, c'est :*
A. Se confier à eux △ △ ▷
B. Jouer avec eux ▷ ▷ ☆
C. S'attirer des ennuis △ △ □

4. *Au collège, il vaut mieux :*
A. Étudier △ □
B. Faire le pitre ▷ ▷ ▷
C. Ne pas y aller △ □ ☆

5. *Les professeurs sont pour vous :*
A. Des copains ▷ ▷ □
B. Des ennemis △ △ ☆
C. Des gens sans intérêt △ ☆

6. *Vous préférez avoir des professeurs :*
A. De sexe masculin □ ▷
B. De sexe féminin △ ☆ ☆
C. Des deux sexes ▷ ▷

7. *Quand il n'y a pas classe :*
A. Vous restez chez vous △ □
B. Vous retrouvez des copains ▷ ▷ ☆
C. Vous vous promenez seul □ △ △

8. *Les ordres, vous préférez :*
A. En donner ▷ ▷ □
B. En recevoir △ □ □
C. Ni en donner ni en recevoir □ ☆ △

9. *Quand on vous interdit quelque chose :*
A. Vous ne le faites pas ▷ □
B. Vous le faites quand même △ △
C. Vous essayez de savoir pourquoi □ ▷ ☆

10. *Vous préféreriez qu'on vous offre :*
A. Un ballon de foot ▷ ☆
B. Une paire de patins à roulettes ▷ ☆ □
C. Un dictionnaire □ △

Solutions page 183

1
AU FIL DU TEXTE

C'EST PAPA QUI DÉCIDE

Les bulles

« Écoutez-moi bien ! Cette année, je ne veux pas de discussions, c'est moi qui décide ! », déclare le père de Nicolas. (p. 9) Or, vous l'avez compris, cette année encore c'est la mère de Nicolas qui a tout organisé.

Transformez l'illustration de la page 8 : dessinez une bulle au-dessus de la mère de Nicolas et imaginez, toujours sous forme de bulles, la réaction de son mari et de son fils.

LA PLAGE, C'EST CHOUETTE

Qui a dit quoi ?

Voici cinq phrases extraites de ce chapitre. Sauriez-vous retrouver à qui elles appartiennent ?

1. « Un trou, c'est amusant à creuser, mais c'est embêtant à reboucher. »
2. « On n'a pas idée de s'exposer comme ça au soleil ! »
3. « Qu'il est bête celui-là ! »
4. « Je crois me souvenir que je vous avais interdit de faire des trous. »
5. « Ne nous énervons pas ! »

A. Papa
B. Côme
C. Nicolas
D. Le docteur
E. Le monsieur à casquette

Solutions page 183

LE BOUTE-EN-TRAIN

A chacun son texte !

Il pleut ! Tout le monde est à l'intérieur de l'hôtel. Quelle agitation dans le dessin des pages 26 et 27 ! Les enfants courent dans tous les sens, ils se font réprimander par les adultes, qui, eux-mêmes, se disputent entre eux.

Voici quelques bribes de discussions qui pourraient convenir à certains des personnages. Reproduisez les phrases suivantes à l'intérieur de bulles et placez-les au-dessus des personnages à qui elles correspondraient le mieux.

1. « Dites donc, les enfants ! Ce n'est pas bientôt fini, ce vacarme ? »
2. « Mais, papa, ce n'est pas ma faute, c'est Blaise qui a commencé ! »
   « Si tu te tenais tranquille, ça n'arriverait pas ! »
3. « Et il n'arrête pas de pleuvoir... »
4. « Je suis désolée, madame, mais vos enfants sont insupportables ! »
   « Non, mais dites donc ! Vous avez vu les vôtres ? »
5. « Je t'ai déjà dit cent fois de ne pas jouer avec les cendriers sur les tables ! »
6. « C'est épouvantable ici ! j'en ai les oreilles cassées ! »

Bien entendu, vous pouvez continuer le jeu en inventant vous-même des dialogues.

Les pensées de M. Lanternau

M. Lanternau a renoncé à amuser les enfants. Assis sur la plage, il se fait tremper par la pluie. Imaginez, en une dizaine de lignes, quelles pourraient être ses pensées à ce moment-là.

L'ILE DES EMBRUNS
Le mal de mer

1. Voici, résumées en quelques mots, les différentes histoires et les évocations gastronomiques qu'échangent le père de Nicolas et M. Lanternau pour se donner le mal de mer.
Sauriez-vous les attribuer à chacun des deux personnages ?

A. Un grand bol de graisse de mouton tiède.
B. Un sandwich avant d'accoster, patron ?
C. Les clochards qui avaient envie de manger des spaghetti.
D. Des huîtres recouvertes de chocolat chaud.

E. Chiche de manger une escalope froide ou un sandwich ?

F. Le menu du restaurant avant de partir en vacances.

G. Le médecin qui soigne une indigestion.

H. Le repas de première communion.

2. Et si à votre tour vous aviez envie de donner le mal de mer à tout le monde sur le bateau...

Qu'imagineriez-vous à partir des ingrédients suivants ?

Tomates, confiture de groseilles, huile de moteur, sauce à la menthe, pêches, choux à la crème, moutarde, œuf à la coque froid, cendres de cigarette.

Solutions page 183

LA GYM

La course aux mots

Voici une grille dans laquelle vous devrez placer dix mots pris dans ce chapitre. Essayez de les retrouver à partir des définitions suivantes.

1. Elle gêne souvent le professeur.
2. Pronom personnel.
3. Débuter.
4. Ceux de l'hôtel de la Plage et de l'hôtel de la Mer en sont.
5. Nicolas et ses copains n'ont pas très envie d'en faire, même pour avoir de gros muscles.
6. Agnan ne l'est qu'à l'école.
7. Il n'a pas réussi à tenir très longtemps.
8. C'est le seul qui est parti.
9. Nicolas et ses copains étaient venus pour en faire.
10. Les biceps le laissent indifférent.

LE GOLF MINIATURE

Les phrases codées

Les deux phrases ci-dessous paraissent bizarres. Pourtant, elles sont extraites de ce chapitre. Dans le premier cas, nous nous sommes amusés à remplacer les substantifs par leur définition et, dans le second, nous avons également fait subir le même sort aux adjectifs. Pour les retrouver, il vous suffit de remplacer les définitions par le terme auquel elles renvoient !

1. La tristesse profonde, c'est que la personne qui commande à des employés du sport qui consiste à faire pénétrer une balle dans des trous disposés le long d'un parcours miniature ne nous laisse pas jouer si on n'est pas accompagnés par un grand individu de l'espèce humaine.

2. On s'est mis au lieu d'où l'on part de l'abaissement de la surface extérieure qui vient avant les autres, celui qui se fait drôlement sans peine et l'homme qui a donné naissance à un ou plusieurs enfants (désigné, ici, par un terme affectueux), qui sait des amas de termes généraux pour désigner ce qui existe, nous a montré comment il fallait faire pour tenir le long morceau de bois rond qui peut servir à plusieurs usages.

Solutions page 184

ON A JOUÉ À LA MARCHANDE

Et les garçons, comment c'est ?

Nicolas se plaint des filles. Il leur reproche d'avoir des jeux bêtes, de pleurer tout le temps, de faire des histoires, de se mettre du rouge sur les ongles, etc.

A votre tour (que vous soyez une fille ou un garçon) essayez, après avoir relu ce chapitre, de brosser en une dizaine de lignes le portrait des garçons.

Devinette

Quel jour se passe l'histoire racontée dans ce chapitre ?

ON EST RENTRÉS

Faisons un peu de français

Le père de Nicolas reprend son fils sur sa façon de parler. Il lui explique qu'on dit « le haricot » et non pas « l'haricot », « la ouate » et non pas « l'ouate ». S'il a raison à propos du haricot, il se trompe en ce qui concerne le deuxième exemple, car l'on peut dire indifféremment « la ouate » ou « l'ouate ».

Voici une liste de quinze mots. Dans quel cas, selon vous, faut-il employer le, la ou l' ?

Halle	Hallebarde	Héritier
Hauteur	Héros	Hareng
Hêtre	Hasard	Hémorragie
Hibou	Ouistiti	Hurluberlu
Hyène	Yen	Yo-Yo

Solutions page 184

Que faire germer ?

Il n'y a pas que les haricots qui germent. Les idées aussi peuvent germer... dans les esprits. Essayez de décrire comment aurait pu s'y prendre Nicolas pour, faute de lentilles, faire germer une idée dans son cerveau.

IL FAUT ÊTRE RAISONNABLE

Comment annoncer une nouvelle désagréable ?

Les parents de Nicolas ont du mal à annoncer à leur fils qu'il part en colonie de vacances. Voici comment ils présentent la nouvelle :

a) Avec des formules d'encouragement (« nous devons parler d'homme à homme. Il faut que tu sois très raisonnable. »).

b) En lui disant qu'il ira dans un endroit formidable (« aller à la mer, nager, pêcher, jouer sur la plage »).

c) En lui offrant des compensations (« ce soir, il y aura de la tarte », « je ferai réparer ton vélo »).

d) Enfin, ils annoncent la nouvelle.

e) Ils font l'éloge de la colonie (« tu seras avec des petits camarades de ton âge, tu t'amuseras »).

En vous aidant de ce schéma, vous devez, à votre tour, annoncer une nouvelle désagréable (par exemple que vous devez redoubler votre classe). Vous pouvez, si vous préférez, rédiger un texte d'une dizaine de lignes sous forme de lettre.

LE DÉPART

Avez-vous de la mémoire ?

Voici tout ce qu'emporte Nicolas dans sa valise. Mais, par erreur, cinq objets se sont glissés dans cette liste. Sans revenir au texte, pouvez-vous indiquer lesquels ?

Les chemisettes, les shorts, les espadrilles, les lunettes de soleil, les petites autos, le maillot de bain, la crème à bronzer, les serviettes, la locomotive du train électrique, le ballon de foot, les œufs durs, les bananes, les sandwiches au saucisson et au fromage, les oranges, le filet pour les crevettes, le pull à manches longues, les chaussettes, le masque de plongée sous-marine et les billes.

Solutions page 184

Savez-vous argumenter ?

Avec un camarade, choisissez cinq objets parmi ceux emportés par Nicolas ; chacun de vous devra trouver des arguments, l'un pour convaincre son camarade de ne pas emporter tel objet, l'autre, au contraire, pour lui en montrer la nécessité. Le vainqueur est celui qui aura fait céder son camarade le plus grand nombre de fois.

COURAGE !

Avez-vous bien lu ce chapitre ?

Sans vous reporter au texte, essayez de répondre le plus rapidement possible aux dix questions suivantes.

1. *Comment s'appelle le chef d'équipe ?*
2. *Quel est le nom de l'équipe de Nicolas ?*
3. *A quel endroit se trouve la colonie ?*
4. *Comment s'appelle le camp ?*
5. *Quel est le nom du chef de camp ?*
6. *Quel est le nom de l'économe ?*
7. *Où couchent les enfants ?*
8. *Quel est l'enfant qui pleure tout le temps ?*
9. *Qui a prêté un slip de bain à Nicolas ?*
10. *Quelle est la tenue du chef quand il s'apprête à démissionner ?*

Solutions page 185

LA BAIGNADE

Un peu d'ordre !

Remettez dans l'ordre les quatorze moments importants qui constituent l'emploi du temps d'une journée du petit Nicolas, à la colonie.

1. Rassemblement pour la baignade
2. Faire les lits
3. Dîner
4. Extinction des feux
5. Sieste
6. Veillée
7. Les services

8. Rassemblement pour le retour à la plage
9. Rassemblement pour la gymnastique
10. Déjeuner
11. Rassemblement pour le dîner
12. Petit déjeuner
13. Toilette
14. Rassemblement pour le déjeuner

LA POINTE DES BOURRASQUES

La promenade

Voici le parcours effectué par la colonie pour essayer d'aller à la pointe des Bourrasques. Comme l'indique la pendule au-dessus de la baraque, il est 6 heures, au moment du départ.

1. Notez sur ce parcours (en rappelant à chaque fois un ou deux événements marquants) les lieux par où est passée la colonie.

2. En faisant appel à votre mémoire, essayez d'indiquer sur les pendules l'heure approximative du passage (ou du retour) dans chacun de ces lieux.

LA SIESTE

Mots croisés

A propos de sieste, voici une grille de mots croisés comportant des mots qui ont un rapport avec le sommeil ou le repos. Mais, attention, ne vous endormez pas sur les définitions !

Horizontalement

I. On dort bien si on dort comme elle – II. Rendue jadis célèbre en réveillant des Romains – C'est ainsi que commence l'ennui – III. Il suffit parfois d'un seul pour se lever – IV. Quand elle jacasse, elle vous tient réveillée – Quand on la double, les enfants dorment – V. C'est là que dorment les vagabonds – La fin de la torpeur – VI. On peut s'endormir sous son feuillage – VII. Tirai du sommeil

Verticalement

1. Il vous tient dans ses bras quand vous dormez – 2. Animal très paresseux – 3. On n'a pas besoin de dormir pour s'y plonger – 4. Ce que le sommeil a fait pendant u ` mnie (et en désordre !) – 5. Idéale pour la sieste, quand il fait chaud – 6. De bas en haut, c'est souvent ce qu'on a fait avant de s'endormir – 7. Celui qui l'est aurait intérêt à faire une bonne cure de sommeil – 8. On peut parfois l'être tout en étant réveillé

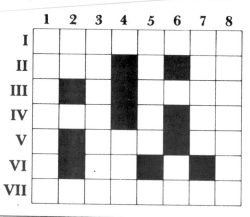

Solutions page 185

JEU DE NUIT

Tout se complique !

« ... Dans le noir, on s'était un peu mélangés ». (p. 131)
Les lettres figurant dans la grille ci-dessous sont, également, quelque peu mélangées. Pourtant, elles appartiennent à tous les noms qui sont cités dans le texte (noms de personne et noms d'équipe, à l'exception de la tante Rosalie qui n'y est pour rien), ainsi qu'à l'*objet* de cet invraisemblable remue-ménage. Douze définitions vous permettront de retrouver tous ces noms, de noircir les cases contenant leurs lettres... pour en arriver à découvrir la victime de l'histoire dans les seules cases qui seront restées blanches. Pour vous aider, sachez que l'*objet* en question est fanion, qu'il peut être lu, ainsi que tous les autres noms, comme dans l'exemple proposé.

Début du deuxième mot
Début du premier mot

Ce qui signifie que toutes les lettres d'un même mot se touchent obligatoirement à l'horizontale, à la verticale ou en diagonale, et que la dernière lettre d'un nom à trouver touche de la même façon la première lettre d'un autre nom.

L	G	P	N	I	I	S	C	U
E	A	I	T	X	L	A	R	E
S	U	A	T	R	E	U	P	P
L	J	N	E	B	O	A	T	T
O	I	A	S	N	U	B	R	R
O	N	S	E	A	L	A	E	N
U	I	G	G	U	E	T	R	I
X	A	I	B	R	A	S	A	P
F	N	N	O	V	E	C	R	E

Tournez vite la page pour connaître les définitions !

Les définitions (en désordre, bien entendu !) :

1. Le plus à l'est de l'équipe de Nicolas
2. L'espion
3. « Hmm, hmm, hmm » pourrait être son cri de ralliement
4. *Objet* valant son poids en chocolat
5. Le seul à dire « mes chers enfants »
6. De la famille de Rosalie
7. Si vous avez déjà trouvé les noms de trois équipes de la colo, vous connaissez la dernière
8. Une équipe qui cherche son chef
9. C'est chez eux que Paulin est parti pleurer
10. Siffle quand monsieur Rateau lui parle
11. Il sait où le soleil se lève
12. La meilleure équipe de la colo

Encore un mot : utilisez un crayon à papier pour pouvoir gommer (ou faites des photocopies), et essayez de trouver avant tout les réponses aux définitions.

Solutions page 185

LA SOUPE DE POISSON

La pêche aux mots

Voici une grille dans laquelle vous devrez placer douze mots pris dans ce chapitre. Essayez de les retrouver à partir des définitions suivantes :

1. Faire comme le chef ne l'est pas toujours.
2. C'est en écartant les bras qu'on peut en recevoir une.
3. Athanase l'est plus que les autres.
4. Œil-de-Lynx en fait une belle.
5. Nicolas l'est.
6. Ce qui reste après le passage d'Œil-de-Lynx.
7. Les rochers le sont.
8. Œil-de-Lynx voudrait l'être.
9. Sans ses parents il est perdu.
10. Pronom personnel.
11. C'est lui qui a gagné la course de vers.
12. Il rigole toujours.

Solutions page 185

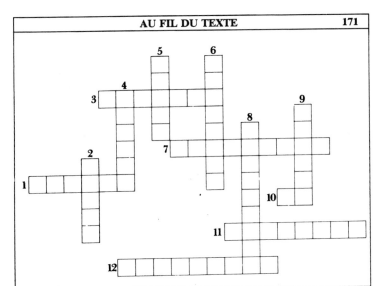

CRÉPIN A DES VISITES

La lettre aux parents

Au début du chapitre (p. 141), Nicolas nous dit ce que les enfants racontent dans les lettres pour leurs parents. Imaginez ce que Paulin pourrait écrire aux siens en tenant compte des différentes aventures qu'il a connues (l'arrivée au camp, p. 98 - la baignade, p. 103, 104, 105 - la promenade à la pointe des Bourrasques, p. 113, 114 - le jeu de nuit, p. 126 - la pêche pour la soupe de poisson, p. 135, 136, 137) Et, surtout, n'oubliez pas sa personnalité un peu particulière !

Puis essayez de faire la même chose avec Mamert – mais qu'il est bête celui-là !

SOUVENIRS DE VACANCES

Fais-moi un dessin

Le dessin de la page 150 nous montre le petit Nicolas racontant ses exploits à Marie-Edwige. C'est maintenant à elle de raconter ses vacances. A votre avis, quelles bulles pourraient illustrer ses aventures sur la plage ?

2
SUR L'ENSEMBLE DU TEXTE
Vingt questions pour conclure

Ce jeu consiste à vérifier si vous avez bien lu le livre. Vous n'avez donc pas le droit de revenir au texte et, a fortiori, de regarder les réponses...

1. *Le père de Nicolas refuse d'aller à l'hôtel parce que :*
A. La nourriture y est mauvaise
B. Les chambres y sont inconfortables
C. C'est trop cher

2. *A Bains-les-Mers, il y a une plage avec :*
A. Des jeux
B. Des galets
C. Du sable

3. *Parmi les copains de Nicolas, celui qui est du pays, c'est :*
A. Blaise
B. Fabrice
C. Yves

4. *Nicolas avait oublié son seau :*
A. Sur la plage
B. Chez lui
C. A l'hôtel

5. *Le professeur de gymnastique organise :*
A. Des courses
B. Des jeux de galipette
C. Une partie de foot

6. *Mamert envoie la balle de golf sur :*
A. La tête de quelqu'un
B. Une auto
C. Le képi du gendarme

7. *Pendant la traversée, M. Lanternau et le père de Nicolas parlent de :*
A. Cinéma
B. Travail
C. Nourriture

8. *Le jour où il pleut, M. Lanternau emmène les enfants :*
A. Sur la plage
B. Dans la salle à manger
C. Au salon

9. *Le cri de ralliement de l'équipe est :*
A. En avant !
B. De l'audace !
C. Courage !

10. *Finalement, Nicolas apprend qu'il part en colonie de vacances :*
A. Par sa mère
B. Par son père
C. Il devine tout seul

11. *En contrepartie, son père lui promet :*
A. Une tarte au dessert
B. Un train électrique
C. De faire réparer son vélo

12. *Nicolas et ses parents sont arrivés à la gare :*
A. En avance
B. Juste à l'heure
C. En retard

13. *Le père de Nicolas propose à son fils de faire germer :*
A. Un avocat
B. Un haricot
C. Des lentilles

14. *Celui qui nage le mieux c'est :*
A. Paulin
B. Crépin
C. Gualbert

15. *L'excursion à la pointe des Bourrasques s'est terminée :*
A. Dans un garage
B. Dans un champ
C. A la pointe des Bourrasques

16. *Le copain de Marie-Edwige était terrible pour :*
A. Les galipettes
B. Les pirouettes
C. Les chansonnettes

17. *Le jeu de nuit consistait à retrouver :*
A. M. Rateau
B. M. Lestouffe
C. M. Genou

18. *L'équipe Œil-de-Lynx rapporte de la pêche :*
A. Un seau de poissons
B. Deux poissons
C. Une baleine

19. *La maman de Crépin appelle son fils :*
A. Mon gros chat
B. Mon gros lapin
C. Mon gros pigeon

20. *Pendant la sieste, le chef d'équipe raconte l'histoire :*
A. D'un bandit et d'un shérif
B. D'un cow-boy et d'un Indien
C. D'un vizir et d'un calife

Solutions page 185

3
JEUX ET APPLICATIONS

L'ordre des chapitres

Les Vacances du petit Nicolas sont divisées en deux grandes parties :
- Nicolas est en vacances avec ses parents à Bains-les-Mers (p. 9-72)
- Nicolas est en colonie à Plage-les-Trous (p. 73-155)
Voici la liste des différents chapitres, mais, attention, certains concernant les vacances à Plage-les-Trous se sont glissés parmi ceux concernant Bains-les-Mers et vice versa.
Pouvez-vous, sans revenir au livre, rétablir la liste des chapitres telle qu'elle se présente à l'origine ?

Bains-les-Mers	Plage-les-Trous
C'est papa qui décide	Il faut être raisonnable
La baignade	Le départ
Le boute-en-train	Courage !
La pointe des Bourrasques	La plage, c'est chouette
Le golf miniature	L'île des Embruns
La soupe de poisson	La sieste
On a joué à la marchande	La gym
On est rentrés	Jeu de nuit
Crépin a des visites	Souvenirs de vacances

Bains-les-Trous ou Plage-les-Mers ?

1. « Quand Papa a rendu la canne à Mamert, qu'il est bête celui-là ! le poisson n'était plus au bout de la ligne. Là où Mamert a été vraiment content, c'est que le ver n'y était plus non plus. Et Mamert a été d'accord pour continuer à pêcher, à condition qu'on ne lui remette pas de ver à l'hameçon.
Le premier poisson, c'est Irénée qui l'a eu. C'était son jour à Irénée : il avait gagné la course de vers et, maintenant, il avait un poisson. »

Ce passage se trouve en réalité dans la seconde partie (Nicolas en colonie), mais il a été rédigé avec des éléments de la première partie.
- Pouvez-vous retrouver les éléments qui permettent de faire croire que ce passage se trouve dans la première partie ?
- Connaissez-vous le chapitre d'où provient ce passage ?

2. « Dites, a crié le patron du golf miniature à mon papa, enlevez d'ici votre marmaille, il y a des gens qui attendent pour jouer !
– Soyez poli, a dit papa. Ces enfants ont payé pour jouer, ils joueront !
– Bravo ! a dit Fabrice à papa, dites-y !
Et tous les copains étaient drôlement pour papa, sauf Fructueux et Irénée qui étaient occupés à se donner des coups de bâton et des claques. »

Dans cet extrait des pages 54-55, quels sont les éléments qui indiquent que ce passage se trouve dans la première partie ?
- Par quels éléments correspondants de la seconde partie pourrait-on les remplacer pour faire croire que cette scène se passe en colonie ?

Le texte amovible

Selon vos préférences, l'histoire ci-dessous peut se passer à l'hôtel Beau-Rivage (avec les parents) ou au Camp-Bleu (en colonie). Pour cela, il suffit de remplacer chaque lettre entre crochets par l'un ou l'autre des deux éléments qui lui correspondent dans la liste qui suit.

« Nous, on passe nos vacances à [A], et il y a la plage et la mer et c'est drôlement chouette, sauf aujourd'hui où il pleut et ce n'est pas rigolo, c'est vrai ça, à la fin. Ce qui est embêtant, quand il pleut, c'est que les [B] ne savent pas nous tenir et nous on est insupportables et ça fait des histoires. J'ai des tas de copains à [A], il y a [C] et [D], [E].
Alors les [B] nous ont réunis dans [F] et [G] a levé un bras et il a crié :
– [H]
– [I], on a répondu, sauf [J] qui [K].
– Les enfants ! a dit [G]. Nous allons faire un grand jeu dans [L]. A mon commandement, derrière moi en

colonne ! Prêts ? Direction [L]. En avant marche ! Une deux, une deux ! [M].

Mais quand [G] s'est retourné, il a eu l'air tout surpris... »

A. l'hôtel – la colonie de vacances
B. parents – chefs d'équipe
C. Blaise, Fructueux, Fabrice, Côme – Gualbert, Crépin, Athanase, Bertin
D. Mamert – Paulin
E. qu'il est bête celui-là ! – qui pleure tout le temps
F. le salon – nos dortoirs
G. M. Lanternau – notre chef
H. Vous avez envie de rigoler ? – Pour l'équipe Œil-de-Lynx, hip hip hip !
I. Ouais ! – Hourra !
J. Mamert – Gualbert
K. n'avait rien compris, qu'il est bête celui-là ! – dormait déjà dans son lit
L. la salle à manger – le réfectoire
M. Qu'est-ce qu'on va rigoler ! – Courage !

L'hôtel ? La colonie ? Vous avez choisi ? Au fait, pourquoi n'essaieriez-vous pas les deux situations ? Vous ne manquerez pas d'être surpris en comparant les deux textes. Et maintenant, une dernière chose, si vous voulez connaître la suite de cette histoire le mieux serait que vous l'écriviez vous-même, à la colonie, à l'hôtel, comme vous préférez.

Les mots brouillés

Essayez de retrouver dans la grille ci-dessous les copains et les copines de Nicolas. Les lettres restantes, lues dans l'ordre, vous donneront le nom d'un de ses camarades de classe, qui apparaît dans « Il faut être raisonnable ».

M	B	L	A	I	S	E	B	E	R	T	I	N
I	G	C	R	E	P	I	N	Y	V	E	S	C
C	P	A	U	L	I	N	E	C	O	M	E	A
H	M	A	R	I	E	E	D	W	I	G	E	L
E	F	R	U	C	T	U	E	U	X	M	G	I
L	F	A	B	R	I	C	E	O	J	A	I	X
I	I	S	A	B	E	L	L	E	O	M	S	T
N	G	U	A	L	B	E	R	T	N	E	E	E
E	A	T	H	A	N	A	S	E	A	R	L	F
F	R	I	R	E	N	E	E	O	S	T	E	Y

La grille mobile

Fabriquez quatre pastilles rondes et quatre pastilles carrées, puis disposez-les sur les cases de la grille ci-dessous en commençant par celle marquée d'une croix. Attention ! vous devez faire en sorte qu'il n'y ait pas sur une même rangée (horizontalement, verticalement ou dans les deux diagonales) deux pastilles identiques. Les lettres qui ne sont pas recouvertes vous donneront le nom d'un camarade de Nicolas.

T	R	E	✕
A	I	H	C
V	S	L	A
U	N	P	A

Solutions page 186

4
LES VACANCES
DANS LA LITTÉRATURE

Vacances secrètes

Vincent vient d'apprendre que ses parents ont vendu La Marotte, maison où il a passé toute son enfance. Il décide de s'y installer en secret et d'y passer une dernière fois ses vacances malgré la présence des nouveaux propriétaires.

« Ce matin, très étonné de me réveiller ici. J'ai dormi merveilleusement. Je descends dans l'écurie et me lave à la pompe. L'eau froide donne du courage pour entreprendre ma première journée de solitude et de travail. Lorsque je remonte, l'eau bout sur mon petit réchaud. Je fais le café. Il est exquis et le fromage de Jos est un délice sur mon pain.

Les merles chantent depuis des heures déjà.

J'ai fouillé la maison vide, récupérant par-ci, par-là des objets oubliés : une étagère murale, un vieux lustre en verroteries et des rideaux usagés, tous objets qu'on n'avait pas jugé nécessaire d'ôter pour la vente.

Je les prends, d'abord parce qu'ils appartiennent à grand-père et non aux Rouchou-chou. Ensuite parce que j'en aurai peut-être l'usage dans ma grangette.

J'installe aussitôt l'étagère, où je range mes livres et mes objets.

Jos a apporté de vieilles planches qui servaient de couvercles aux bacs à graines près des poulaillers et il m'arrange une excellente table fixée au sol. Un tabouret à traire les vaches me servira de chaise.

Mon repaire prend un aspect si accueillant que je vois briller dans les yeux de Jos l'envie d'y vivre à ma place.

La maison est là avec ses terres et ses bâtisses démodées, mais son centre vital, c'est la grangette où j'habite. La Marotte secrète, la mienne, est ici. »

Maud Frère,
Vacances secrètes,
© Gallimard

L'Ane Culotte

Constantin Gloriot passe chaque année l'été à Peïrouré chez ses grands-parents avec la Péguinotte, leur bonne, et la petite Hyacinthe, une orpheline qu'ils ont recueillie. Mais pourquoi cette fois-ci ne lui parle-t-on pas d'Hyacinthe, qui reste introuvable ?

« Nous arrivâmes à Peïrouré le 15 juillet, jour de la saint Henri, vers cinq heures du soir. La Péguinotte se tenait sur le seuil de la porte. Elle m'embrassa. Anselme sortit de sa bergerie. La maison me parut triste. Je ne voyais pas Hyacinthe.

Il faisait beau, un temps chaud et voilé, qui sentait l'odeur de la campagne : la paille sèche, le figuier, l'étable et le lavandin.

La maison, elle, sentait le moisi. Grand-mère en fit la remarque et ordonna d'aérer toutes les pièces, ordre que la Péguinotte exécuta à contrecœur, à cause des mouches.

Mais je ne l'entendis pas grommeler. Elle obéit.

Grand-mère m'installa dans ma chambre. Elle rangea mes effets, ouvrit les placards, souleva les rideaux, puis me prenant par la main, elle me conduisit chez elle. On ne voulait pas me laisser seul.

Grand-père, comme une âme en peine, errait d'une pièce à l'autre.

A six heures le fermier se fit annoncer et grand-mère dut m'abandonner. Elle appela grand-père ; mais grand-père ne répondit pas.

— Il est sorti, Madame, dit la Péguinotte.

— Sorti ? fit grand-mère étonnée. Où peut-il être, à cette heure ?...

Je restai seul avec la Péguinotte. Elle ne m'accorda aucune attention. Penchée sur son fourneau, elle paraissait entièrement occupée par sa cuisine. Je m'assis dans mon coin et j'attendis.

Au bout d'un moment elle soupira.

— Où est Hyacinthe ? lui demandai-je.

Elle se pencha encore plus bas sur le feu et se mit à le remuer à grand fracas avec son pic de fer.

Le feu ronfla très fort. Elle grogna :

— Ça vous pique les yeux cette sale fumée !...

Comme elle s'obstinait à me tourner le dos, je sortis de la cuisine à la recherche d'Hyacinthe. Je ne pus pas interroger Anselme, qui était déjà parti avec son troupeau. L'été, on fait paître les moutons pendant la nuit, parce qu'alors l'herbe est meilleure. C'est pourquoi, à la fin du jour, on rencontre par les chemins tant de petits troupeaux qui se dirigent vers les collines. En pleine nuit, très tard, on entend quelquefois leurs clarines tinter, au loin, du côté de Haute-Silve ou de Belles-Tuiles. Pendant ce temps, le village dort. »

Henri Bosco,
L'Âne Culotte,
© Gallimard

Moi, Boy

Pour Roald Dahl qui, dans Moi, Boy, *s'est attaché à raconter son enfance, les vacances commençaient par une véritable épopée : le voyage du Pays de Galles jusqu'en Norvège, pays natal de ses parents.*

« Les grandes vacances ! Mots magiques ! Il me suffisait de les entendre prononcer pour sentir des frissons de joie me parcourir la peau.

Toutes mes vacances d'été, de quatre à dix-sept ans (de 1920 à 1932) furent totalement idylliques. Elles le furent, j'en suis certain, parce que nous nous rendions toujours dans le même endroit idyllique et que cet endroit était la Norvège.

À l'exception de ma demi-sœur, si vieille, et de mon demi-frère, lui un peu moins vieux, nous étions tous de purs Norvégiens d'origine. Nous parlions tous norvégien et tous nos parents vivaient là-bas. Alors, en un sens, nous rendre en Norvège chaque été, c'était un peu comme rentrer au pays.

Le voyage même était un événement. N'oubliez pas qu'en ce temps-là il n'existait pas d'avions commerciaux, et le voyage nous prenait donc quatre journées complètes à l'aller, et autant au retour.

Nous formions toujours une véritable troupe. Il y avait mes trois sœurs et ma vieille demi-sœur (quatre), mon demi-frère et moi (six), ma mère (sept), Nounou (huit), et en plus il y avait toujours au moins deux autres filles, sortes d'amies anonymes aussi vieilles que ma vieille demi-sœur (dix en tout).

Quand j'y repense maintenant, je ne sais vraiment pas

comment ma mère arrivait à se débrouiller. Il lui fallait écrire à l'avance pour réserver des places dans les trains, sur les bateaux et à l'hôtel. Elle devait s'assurer que nous emportions suffisamment de culottes, de chemises, de pull-overs, de sandales de gymnastique et de maillots de bain (on ne pouvait même pas acheter un lacet de chaussure sur l'île où nous allions) et la préparation des bagages devait être un vrai cauchemar. Tout était soigneusement rangé dans six énormes malles, sans parler d'innombrables valises, et lorsque le grand jour du départ arrivait, notre groupe de dix, accompagné de notre montagne de bagages, se lançait dans la première et la plus facile étape du périple, le voyage en train jusqu'à Londres.

Arrivés à Londres, nous nous empilions dans trois taxis qui nous emmenaient en cahotant à travers la grande ville jusqu'à King's Cross où nous montions dans le train pour Newcastle, à trois cents kilomètres au nord. Le voyage jusqu'à Newcastle durait environ cinq heures et lorsque nous y arrivions, il nous fallait de nouveau trois taxis pour nous emmener de la gare jusqu'au quai d'embarquement où nous attendait notre bateau. La prochaine étape serait ensuite Oslo, la capitale de la Norvège. »

Roald Dahl,
Moi, Boy,
traduction de Janine Hérisson,
© Gallimard

Les Vacances

Pour Sophie et ses amis, c'est l'époque des vacances. Quelle joie de se retrouver comme chaque année au château de Fleurville pour inventer de nouveaux jeux et, aussi, faire des bêtises.

« Les enfants étaient en vacances, et tous avaient congé ; les papas et les mamans avaient déclaré que, pendant six semaines, chacun ferait ce qu'il voudrait du matin au soir, sauf deux heures réservées au travail.

Le lendemain de l'arrivée des cousins, on s'éveilla de grand matin.

Marguerite sortit sa tête de dessous sa couverture et appela Sophie, qui dormait profondément ; Sophie se réveilla en sursaut et se frotta les yeux.

– Quoi ? qu'est-ce ? Faut-il partir ? Attends, je viens.

En disant ces mots, elle retomba endormie sur son oreiller.

Marguerite allait recommencer, lorsque la bonne, qui couchait près d'elle, lui dit :

– Taisez-vous donc mademoiselle Marguerite ; laissez-nous dormir ; il n'est pas encore cinq heures ; c'est trop tôt pour se lever.

MARGUERITE : Dieu ! que la nuit est longue aujourd'hui ! quel ennui de dormir !

Et, tout en songeant aux cabanes et aux plaisirs de la journée, elle aussi se rendormit.

Camille et Madeleine, éveillées depuis longtemps, attendaient patiemment que la pendule sonnât sept heures et leur permît de se lever sans déranger leur bonne, Elisa, qui, n'ayant pas de cabane à construire, dormait paisiblement.

Léon et Jean s'étaient éveillés et levés à six heures ; ils finissaient leur toilette et leur prière lorsque leurs cousines se levaient.

Jacques avait eu, avant de se coucher, une conversation à voix basse avec son père et Marguerite ; on les voyait causer avec animation ; on les entendait rire ; de temps en temps Jacques sautait, battait des mains et embrassait son papa et Marguerite ; mais ils ne voulurent dire à personne de quoi ils avaient parlé avec tant de chaleur et de gaieté. Le lendemain, quand Léon et Jean allèrent éveiller Jacques, ils trouvèrent la chambre vide.

JEAN : Comment ! déjà sorti ! A quelle heure s'est-il donc levé ?

LÉON : Écoute donc ; un premier jour de vacances on peut s'en donner des courses, des jeux, des promenades. Nous le retrouverons dans le jardin. En attendant mes cousines et nos amies, allons faire un tour à la ferme ; nous déjeunerons avec du bon lait tout chaud et du pain bis.

Jean approuva vivement ce projet ; ils arrivèrent au moment où l'on finissait de traire les vaches... »

Comtesse de Ségur,
Les Vacances,
© Gallimard

5
SOLUTIONS DES JEUX

Quel est votre style de vacances ?
(p. 159)

Les deux symboles qui ont obtenu le plus fort total correspondent aux deux types de vacances qui vous conviennent le mieux.

Si vous obtenez une majorité de ▷ : l'important, à vos yeux, c'est d'être avec des copains, de jouer, de rigoler, de faire du sport... et parfois des bêtises !
Les colonies de vacances sont faites pour vous !

Si vous obtenez une majorité de △ : vous aimez la tranquillité, le calme, parfois seul, parfois avec des copains bien choisis. Il vous faut la campagne, loin des foules bruyantes.

Si vous obtenez une majorité de □ : la montagne devrait vous convenir. Vous pourrez y faire autant de sport qu'il vous plaira et, si vous en avez assez des autres, vous isoler en de longues promenades solitaires.

Si vous obtenez une majorité de ☆ : la plage satisferait tout à la fois votre goût du sport et votre envie de paresser au soleil. Et si vous en avez assez de la foule, vous pouvez toujours chercher une crique solitaire où aller vous baigner quand tout le monde est rentré.

Qui a dit quoi ?
(p. 160)

1 : B (p. 21) - 2 : D (p. 23) - 3 : C (p. 17) - 4 : E (p. 22) - 5 : A (p. 21)

Le mal de mer
(p. 161)

Le père de Nicolas : B - D - G - H
M. Lanternau : A - C - E - F

La course aux mots
(p. 162)

1. Conversation - 2. Vous - 3. Commencer - 4. Traîtres - 5. Mouvements - 6. Premier - 7. Professeur - 8. Mamert - 9. Gymnastique - 10. Irénée.

Les phrases codées
(p. 163)

1. L'ennui, c'est que le patron du golf miniature ne nous laisse pas jouer si on n'est pas accompagnés par une grande personne. (p. 49)

2. On s'est mis au départ du premier trou, celui qui est drôlement facile et papa, qui sait des tas de choses, nous a montré comment il fallait faire pour tenir le bâton. (p. 51)

Devinette
(p. 164)

Le jour des raviolis (p. 57), c'est donc un mercredi (p. 25).

Faisons un peu de français
(p. 164)

La halle - la hauteur - le hêtre - le hibou - l'hyène - la hallebarde - le héros - le hasard - le ou l'ouistiti - le yen - l'héritier - le hareng - l'hémorragie - l'hurluberlu - le Yo-Yo.

Avez-vous de la mémoire ?
(p. 165)

Les cinq objets qui se sont glissés par erreur dans la valise de Nicolas sont : les lunettes de soleil, la crème à bronzer, le ballon de foot, les oranges et le masque de plongée sous-marine.

Avez-vous bien lu ce chapitre ?

(p. 166)

1 : Gérard Lestouffe - 2 : Œil-de-Lynx - 3 : Plage-les-Trous - 4 : Le Camp Bleu - 5 : M. Rateau - 6 : M. Genou - 7 : Dans des baraques en bois - 8 : Paulin - 9 : Bertin - 10 : En costume, avec une cravate.

Mots croisés

(p. 168)

Horizontalement
I. Marmotte - II. Oie - En - III. Bond - IV. Pie - Do - V. Rue - Ur - VI. If - VII. Eveillai

Verticalement
1. Morphée - 2. Aï - 3. Rêverie - 4. Ufi - 5. Ombre - 6. Ul - 7. Tendu - 8. Endormi

Tout se complique

(p. 169)

La victime à découvrir : Genou.
1. Gualbert - 2. Calixte - 3. Paulin - 4. Fanion - 5. Rateau - 6. Crépin - 7. Braves - 8. Trappeurs - 9. Sioux - 10. Bertin - 11. Jonas - 12. Aigles.

La pêche aux mots

(p. 170)

1. Facile - 2. Gifle - 3. Menteur - 4. Equipe - 5. Petit - 6. Personne - 7. Dangereux - 8. Meilleure - 9. Paulin - 10. On - 11. Gualbert - 12. Cuisinier.

Vingt questions pour conclure

(p. 172)

1 : A (p. 9) - 2 : B et C (p. 14) - 3 : C (p. 17) - 4 : C (p. 23) - 5 : A (p. 44) - 6 : B (p. 53) - 7 : C (p. 36-37) - 8 : B (p. 29) - 9 : C (p. 91) - 10 : B (p. 78) - 11 : C (p. 77) - 12 : A (p. 84) - 13 : C (p. 70) - 14 : B (p. 106) - 15 : A (p. 115) - 16 : A (p. 155) - 17 : C (p. 127) - 18 : B (p. 138) - 19 : B (p. 143) - 20 : C (p. 118).

Si vous obtenez entre 15 et 20 bonnes réponses : félicitations ! Vous êtes un excellent lecteur, vous aimez le petit Nicolas et vous adorez les vacances. Persévérez dans cette voie !

Si vous obtenez entre 10 et 15 bonnes réponses : vous êtes un bon lecteur. Mais vous avez peut-être trop ri aux aventures du petit Nicolas pour en avoir retenu tous. leurs détails. Ce qui n'est pas trop grave car, si vous ne le savez pas encore, beaucoup d'autres aventures de Nicolas vous attendent dans d'autres livres...

Si vous obtenez entre 5 et 10 bonnes réponses : sans doute avez-vous compris l'essentiel mais il ne serait pas inutile de relire ce livre un peu plus tard ; vous serez alors surpris de constater que bien des choses vous ont échappé à la première lecture... Mais peut-être préférez-vous passer à un autre genre d'histoire ?

Si vous obtenez moins de 5 bonnes réponses : peut-être n'aimez-vous pas lire, ou alors vous n'aimez pas le petit Nicolas. Quand même, les vacances, vous aimez un petit peu. Non ?

Les mots brouillés
(p. 177)

Le nom du camarade de Nicolas caché dans la grille est : Geoffroy.

La grille mobile
(p. 177)

Le nom du camarade de Nicolas est : Athanase.

Retrouvez le héros
de **Sempé** et **Goscinny**
dans la collection FOLIO **JUNIOR**

LES RÉCRÉS DU PETIT NICOLAS

n° 468

Les récrés d'Agnan, Eudes, Alceste, Joachim, Maixent, Rufus, Clotaire, Geoffroy et du petit Nicolas ont-elles lieu entre les cours ou pendant les cours? C'est souvent la question que se posent le Bouillon, le surveillant, le directeur et la maîtresse... Toujours est-il qu'avec cette bande de terribles copains, personne n'a vraiment le temps de s'ennuyer!

" – Alors, il a dit le Bouillon, qu'est-ce qui se passe ici?

– C'est Eudes, j'ai dit; il m'a donné un coup de poing sur le nez et il me l'a cassé!

Le Bouillon a ouvert de grands yeux, il s'est baissé pour mettre sa figure devant la mienne, et il m'a dit: « Montre voir un peu... »

Alors, moi, j'ai sorti le nez de tonton Eugène de ma poche et je le lui ai montré. Je ne sais pas pourquoi, mais ça l'a mis dans une colère terrible, le Bouillon, de voir le nez de tonton Eugène.

– Regardez-moi bien dans les yeux, il a dit le Bouillon, qui s'est relevé. Je n'aime pas qu'on se moque de moi, mon petit ami. **"**

Comme tous les petits garçons, Nicolas a un papa, une maman, des voisins mais surtout des copains : Clotaire le rêveur, Agnan l'élève modèle, Maixent le magicien, Rufus, Eudes, Geoffroy... sans oublier Marie-Edwige, qui n'a pas sa pareille pour organiser des concours de galipettes et de mangeurs de gâteaux....

66 Marie-Edwige s'est tournée vers Alceste et elle lui a dit :

– Ce que tu manges vite ! Je n'ai jamais vu quelqu'un manger aussi vite que toi ! C'est formidable !

Et puis elle a remué les paupières très vite, plusieurs fois.

Alceste, lui, il ne les a plus remuées du tout, les paupières ; il a regardé Marie-Edwige, il a avalé le gros tas de gâteau qu'il avait dans la bouche, il est devenu tout rouge et puis il a fait un rire bête.

– Bah ! a dit Geoffroy, moi je peux manger aussi vite que lui, même plus vite si je veux !

– Tu rigoles, a dit Alceste.

– Oh ! a dit Marie-Edwige, plus vite qu'Alceste, ça m'étonnerait.

Et Alceste a fait de nouveau son rire bête. Alors Geoffroy a dit :

– Tu vas voir !

Et il s'est mis à manger à toute vitesse. **99**

JOACHIM A DES ENNUIS

Parmi les amis du petit Nicolas, Joachim est l'un des plus pittoresques. Toujours renfrogné et complètement rétif à la grammaire, sa vie est une suite d'ennuis de tous ordres. Et voilà, comble de malheur, qu'un petit frère vient encombrer sa famille...

66 – Depuis qu'il est là, mon petit frère, on m'attrape tout le temps, a dit Joachim. A l'hôpital, Maman a voulu que je l'embrasse, mon petit frère, et moi, bien sûr, je n'en avais pas envie, mais j'y suis allé quand même, et Papa s'est mis à crier que je fasse attention, que j'allais renverser le berceau et qu'il n'avait jamais vu un grand empoté comme moi.

– Qu'est-ce que ça mange, quand c'est petit comme ça ? a demandé Alceste.

– Après, a dit Joachim, nous sommes retournés à la maison, Papa et moi, et ça fait tout triste, la maison, sans Maman. Surtout que c'est Papa qui a fait le déjeuner, et il s'est fâché parce qu'il ne trouvait pas l'ouvre-boîtes, et puis après on a eu seulement des sardines et des tas de petits pois. Papa s'est mis à crier après moi, parce que le lait se sauvait.

– Et tu verras, a dit Rufus. D'abord, quand ils le ramèneront à la maison, il va dormir dans la chambre de tes parents, mais après, on va le mettre dans ta chambre à toi. Et chaque fois qu'il se mettra à pleurer, on croira que c'est toi qui l'as embêté. **99**